CAMINHANDO COM OS MORTOS

MICHELINY VERUNSCHK

Caminhando com os mortos

3ª reimpressão

Copyright © 2023 by Micheliny Verunschk em acordo com MTS Agência de Autores

Grafia atualizada segundo o Acordo Ortográfico da Língua Portuguesa de 1990, que entrou em vigor no Brasil em 2009.

Capa
Alceu Chiesorin Nunes

Imagem de capa
Jurema Preta visita Satanás, de Stephan Doitschinoff, 2015. Acrílica sobre tela, 122 cm × 93 cm. Coleção particular. Reprodução de Orlando Azevedo

Imagem de miolo
afazuddin/ Shutterstock

Preparação
Márcia Copola

Revisão
Camila Saraiva
Aminah Haman

Os personagens e as situações desta obra são reais apenas no universo da ficção; não se referem a pessoas e fatos concretos, e não emitem opinião sobre eles.

Dados Internacionais de Catalogação na Publicação (CIP)
(Câmara Brasileira do Livro, SP, Brasil)

Verunschk, Micheliny
  Caminhando com os mortos / Micheliny Verunschk. — 1ª ed. — São Paulo : Companhia das Letras, 2023.

  ISBN 978-65-5921-404-4

  1. Ficção brasileira I. Título.

22-138114   CDD-B869.3

Índice para catálogo sistemático:
1. Ficção : Literatura brasileira B869.3
Aline Graziele Benitez – Bibliotecária – CRB-1/3129

Todos os direitos desta edição reservados à
EDITORA SCHWARCZ S.A.
Rua Bandeira Paulista, 702, cj. 32
04532-002 — São Paulo — SP
Telefone: (11) 3707-3500
www.companhiadasletras.com.br
www.blogdacompanhia.com.br
facebook.com/companhiadasletras
instagram.com/companhiadasletras
twitter.com/cialetras

Em memória de Henry, Jacinta e Belinha

Celeste

Todos os olhos se voltam para o centro do terreiro como se pudessem pertencer ao mesmo organismo. É quase imperceptível, mas por um instante eles se movem em discreta sincronia, e num átimo se escancaram e se fecham, as carnes moles das pálpebras e os cílios batendo uns contra os outros. A visão das moscas é assim, milhares de lentes que processam fragmentos de luz e escuridão unindo-os num mosaico que vai justamente formar o mundo que lhes é permitido apreender, mas aqui, tratando-se de gente, a coincidência se perde de forma igualmente veloz, e logo alguém aperta mais os olhos, e outro desvia o olhar e um sente a visão embaçar por causa da poeira levantada pelo vento ou porque o ar seco faça arder narizes e olhos ou ainda porque os olhos, eles mesmos, estejam molhados. Diferentemente das moscas, porém, ninguém consegue ter uma visão total que explique o que aconteceu.

Há a casa e as paredes que sustentam a casa, há a gamela num canto recendendo a azedo e as galinhas ciscando inabaláveis. Duas leiras de cravos tristes, maltratados, ladeiam a construção. Há também as duas tamareiras de troncos robustos, altos e rugosos, que ninguém poderia dizer como ou quando nasceram ali, se vieram em mudas num tempo remoto ou se explodiram em brotos de sementes jogadas ninguém sabe por quem, crescendo solidárias e imponentes, macho e fêmea, os pesados cachos de frutos como colmeias doces de mel maduro e âmbar. Subsiste oculto, em dobras, na memória de alguns dos presentes, outro tempo, em que na porta de entrada uma jardineira de antúrios vermelhos parecia saudar quem se aproximava, e havia também roseiras e ainda hibiscos de um tom de rosa espalhafatoso, abrindo as flores no sol a pino, para depois fechá-las à noite. Mas aquela fora outra época, que, embora surja vívida e colorida na memória por um breve momento, em muito pouco parece aderir ao instante de agora, porque há muito aquelas flores foram arrancadas e em seu lugar nada se plantou, o vaso permaneceu vazio, a terra esturricada, infértil e sem sentido, e a lembrança, ou intrusão, daquela imagem que, por um instante, se formou, logo se dissipa, as pétalas da flor curvando-se, fechadas sobre si mesmas, as folhas seguindo o mesmo balé de desaparecimento, pétalas, sépalas, brácteas virando pó.

Há, ao longe, bordejando a ribanceira, canafístulas que florescem ao lado do branco imaculado dos moleques--duros, um angico solitário, juremas-brancas e juremas--pretas que de relance parecem mortas, seus galhos espetados como raízes invertidas, a grande barriguda majestosa e a vegetação rasteira e opaca da capoeira. Há as paredes pintadas meio a meio, da metade para cima azul-claras, da metade para baixo, de uma alvura aguada, desenhando quase um céu pobre, descascado, deixando à mostra a carne rósea da tinta anterior, como uma ferida. Numa das paredes da sala, um calendário já antigo exibe filhotes desbotados de gato dentro de uma cesta, e os olhos dos animais figuram irreais, cor de violeta, impossíveis de existir nesse mundo. Há também uma fotografia retocada à mão, e as tintas que predominam, também esmaecidas, puxam a tonalidade para um verde-amarelo envelhecido, anêmico. Nela, o homem e a mulher estão de perfil, um olhando para o outro, e são contidos pela moldura arredondada. Também eles figuram como fictícios, ou como fantasmas que na falta de quem creia em suas existências, se assombram consigo mesmos. Há também os decalques de outras molduras, sombras nas paredes, outro tipo de espectros. São muitas marcas, margens desenhadas de poeira e umidade que assinalam todas as ausências. Santa Quitéria com a palma do martírio e o livro nas mãos: ausente. Santa Luzia com os olhos dentro do prato: ausente. Santa Cecília olhando para o céu: ausente. Santa Perpétua e santa Felicidade: ausentes as duas. Santa Águeda com o olhar voltado para cima e os seios na bandeja: ausente. Há, porém, um pequeno espelho e, preso no caixilho, um santinho de eleição, o rosto do político aberto num sorriso pouco espontâneo. Há copos com restos de café sobre a mesinha. E há também o cadáver de uma mulher numa cova rasa ainda aberta, no quintal, seus restos enegrecidos uma pústula supurando na paisagem, os joelhos dobrados, na postura combativa comum a todos aqueles que morrem pelo fogo, os braços, repuxados, flexionados ao extremo; e os lábios ausentes e os dentes escancarados repercutindo os gritos abafados pelas chamas e pela fumaça.

E, enfim, tudo se mistura, os elementos da paisagem, os murmúrios das gentes, as mãos que se retorcem, persignam e se elevam e o latido incessante do cachorro preso a uma corda, do lado de fora, no oitão, devidamente afastado antes que continuasse a roer o que restou de carne aos ossos calcinados, esse latido que parece preencher todos os espaços, como se fosse, mais que um latido ou um uivo, um corpo sonoro, vivo, insubmisso, desesperado e desesperador. Isso dura algum tempo, até que outro som comece a ganhar espaço, a sirene da viatura se fazendo ouvir cada vez mais perto, zumbido rasgando o tecido da estrada vicinal, depois perturbando o que pouco antes parecia imóvel, e logo se impondo cada vez mais alto e mais próximo, calando o latido, como se fosse só seu o direito a uma existência ruidosa, até que também finalmente cessa.

São as primeiras horas da manhã quando a polícia chega ao local para que seus agentes se postem diante daquilo que se convencionou chamar de cena. E na cena, que idealmente deveria ter sido preservada, vários pés misturaram a terra do terreiro com as cinzas, mãos tocaram o que restou do corpo, misturando suas marcas e histórias, velas foram dispostas nos batentes e beirais, e é justo quando as portas da viatura batem em uníssono que a voz de Emerenciana se eleva.

Um galhinho de alecrim cheiroso, ela canta.
Um galhinho de alecrim cheiroso, outra mulher responde.
Ele cheira nas candeias, os anjos te acompanham, os anjos te anomeiam, respondem todos em coro.

Emerenciana tem os olhos secos e o rosto contrito, o terço pende dos dedos magros, o vestido preto surrado está puído na barra, nos punhos e na gola, mas isso pouco importa à composição da cena. Ela já perdeu a conta de quantas almas carpiu desde menina. Quantas chorou por ganho, quantas lamentou por dor própria, o corpo convulsionando de modo diferente em cada ocasião, a caixa do peito ressoando o pranto, ora mais aberta e livre, ora mais travada e por isso mesmo mais custosa. Lamento que chorava por velha, mulher e menina, pranto por anjo, velho e por rapaz novo, lágrimas vertidas também por gente muito ruim, um alívio para o chão que se pisa certas ausências, uma moeda para a travessia entre os mundos. Mas hoje, ela sabe, não é dia de cobrar pagamento algum, e mesmo que fosse, a quem cobraria?

Mas, claro, se embaralharmos as figuras tudo será de outra forma, e a história é bem possível que se torne outra. A casa trocará de pele como um lagarto, deixando à mostra músculos e gordura e tendões avermelhados sem reboco, seus degraus se aplainam, sua ossatura se estica, ramagens de batata-doce irrompem pelas frestas, pelo teto, não haverá nenhuma personagem reduzida a cinzas no centro da cena e do que foi outrora a cova da moça irromperá um gigantesco tamboril e o cão também será outro, ou serão muitos, e embora haja ainda uma mulher a perscrutar tudo, ela nada diz, deslizando seu olhar silencioso pelo lugar que escolheu para que fosse o seu começo e o seu fim.

E já, em torno de tudo, as varejeiras.

~~Aos vinte de julho do ano de xxxxxx nesse Estado de //////////////// na divisão de homicídios na Secretaria de Estado de Polícia Civil, conforme a legislação vigente, o diretor designou a perita criminal ///////////////// para atender a solicitação de exame em local de crime e descrever com objetividade e verdade e com todos os detalhes as circunstâncias que encontrar.~~

~~*Do Histórico* Às 05h30 do dia 20/07////// a autoridade policial de plantão solicitou exame pericial em local de homicídio, exame este ocorrido na localidade conhecida como Tapuio, zona rural do município Alta Vista do Redondo. Em razão deste chamado, a perita criminal designada compareceu ao local supracitado às 06h30 e após realizar os exames necessários passa a descrevê-los no presente laudo.~~
~~*Do Local* Trata-se de um grande quintal, área externa de uma residência, costumeiramente designado como terreiro, sem~~

iluminação pública, de terra, limitado pela vegetação natural da mata ao redor. A residência é construída em alvenaria, contando com cinco cômodos, três quartos, uma sala, uma cozinha. Possui ainda um banheiro externo, distante cerca de 50 metros da unidade residencial. As residências vizinhas mais próximas ficam a cerca de 1500 metros de distância, o que torna a construção em questão uma área isolada. Na casa há duas portas, uma na entrada da casa e outra nos fundos, esta última dando para o terreiro, no qual encontram-se os restos de uma fogueira na qual foi encontrado um cadáver.

Do Cadáver Corpo carbonizado, diminuído de tamanho, apresentando queimaduras de quarto grau, com destruição dos tecidos moles, enegrecido de fuligem. Musculatura exposta e queimada. Massa encefálica exposta e cozida. Os ossos do sacro são estreitos, o que faz supor se tratar de um indivíduo do sexo feminino, o que só pode ser confirmado após o exame cadavérico. Verificou-se no exame externo a chamada "posição do pugilista", semiflexão dos membros, que sugere que a vítima foi queimada viva.

Se Deus é grande, o mato é maior.

Delegacia

Lourença
PRIMEIRO DIA

Os ombros de Lourença estão caídos e os braços pesados sobre o corpo dão a impressão de que os ossos dos braços, pescoço, costelas vão todos se ajuntar sobre o colo, como se sob alguma força eles se tivessem desconjuntado e a pele e a musculatura desprendido, um tecido amontoado em refolhos, a cabeça pendurada e os cabelos em redemoinho, um caroço engelhado. A mulher, uma boneca de pano, mal-acabada, encardida, afundada na cadeira da delegacia, o estofado azul desbotado, a espuma do assento já fina pelo uso despontando nas bordas desgastadas. O ventilador ligado numa música monótona quebrada a cada retorno, da direita para a esquerda, da direita para a esquerda, e um estalido.

Não foi minha filha que eu matei, não, doutor. O que eu fiz foi outra coisa. Eu não matei. A menina vai se levantar. O senhor vai testemunhar esse milagre da salvação. No terceiro dia. O senhor vai ver, ela vai fazer a sua páscoa e vai voltar pela graça de Deus. Matar Letinha? Matei, não, senhor. Jamais. O verdadeiro crente expulsa o espírito maligno, o senhor sabe o que é isso? O senhor sabe, eu sei que o senhor sabe. O senhor já viu o espírito maligno? Já percebeu como ele age? É esperto, manhoso, ele. Anda pelo mundo espalhando malícia e falsidade. É feio. É torto. É o pai de toda mentira. Mas Deus não quer o pecado.

Deus não quer o pecado, a mulher repete a frase algumas vezes e as palavras enchem a sala, se espalhando como o vento quente que se movimenta pela força das pás do ventilador. E se por um momento toda a sala parece inflada por aquela voz, é também muito rápido que ela vai perdendo o volume e a nitidez para depois se calar. Deus não quer o pecado. As palavras agora repercutem mesmo que a mulher não mais as pronuncie, martelo na forja, e talvez não tenha dito nada, porque realmente não deseja falar com aquelas pessoas, e sente as palavras inchando apenas dentro da própria cabeça, e por um instante acredita que, daí para fora dela mesma, elas vagam pelo espaço, independentes, ecoando nos presentes por conta própria, como uma visagem, em repetição. Falar alguma coisa para aquela gente? Não, nunca. Os outros sons que ouve não passam de ruídos mal formulados, que a muito custo atravessam seu corpo, a fina parede dos seus ouvidos. São passos, a buzina de um carro lá fora, os gritos do investigador, o rumor da própria respiração, ruidosa. Às vezes escuta fragmentos do que o homem diz, mas as palavras simplesmente rebatem contra seu corpo e se desfazem. Então não, não consegue ouvir direito, com clareza, seus ouvidos estão tapados, submersos, o zumbido na cabeça ocupando espaço demais, e então sente que ela, a cabeça, está solta, incapaz de afundar e, por isso, vaga, perdida, no corpo esguio do rio das Cobras, suas águas, correntezas, as pedras lisas de limo. Uma pedra rolando que jamais conseguirá voltar ao lugar de seu pertencimento.

É quando ela vê a si mesma ainda menina atravessando o rio, as pernas finas, dois gravetos roçando um contra o outro, e o dia é luminoso, e ela sente o arrepio que as águas provocam contra a pele e ainda o ardido do sol. Por um momento, a cabeça retorna para o lugar e ela volta a ter um corpo todo seu, aquele corpo pequeno que rasga a água, leve e afiado, preciso. E escuta tudo, o mundo ao redor, o canto dos pássaros, a passagem do vento. Mas a sensação é muito rápida, e logo tudo se turva novamente, e as águas retornam lamacentas, e a sua pele é lama também, viscosa, quase carne, quase água, barrenta, se diluindo, se desfazendo. E a cabeça lateja e pesa, mas agora afunda sob uma grande força. E ela retorna, é uma mulher?

O dia mudou. Agora está nublado e vai desabar. E é Ismênio quem aparece numa das margens, a calça arregaçada até o meio das canelas, encharcada. É para ela que ele está acenando, os longos dedos fazendo desenhos no ar? Ou não é Ismênio? Será que é seu pai? Mas o pai morreu faz muito tempo, não pode ser ele, embora seja verdade que os mortos não nos deixam, que caminham com a gente, que compõem uma nação muito maior do que nós mesmos, os outros, estes que estão vivos. Não, não, está confundindo tudo. É Ismênio, sim, quem ela vê, e Lourença lembra que dia é aquele. Sabe que não é mais uma menina e recorda a dor que a levou a se abandonar à correnteza do rio. Tudo retorna violentamente à memória, o que a levou a querer morrer naquele dia. E aquele momento em que chama pelo marido é o instante em que já não sabia o que queria ao certo. Não mais morrer, mas outra vida, talvez.

Emerge. Afunda. Sobe de novo. Depois da agonia, morrer talvez não seja tão ruim, ela não sabe se sentiu isso mesmo ou se foi um pensamento atravessando a tentativa de respirar. Tenta apurar a vista nublada. Não, não é o pai e nem é Ismênio quem está agora com ela. Um mergulho mais fundo, e então as imagens da noite anterior se impõem. O rio das Cobras desaparece e resta apenas a fogueira, o cheiro da carne queimando, os gritos. Os gritos de quem? Da filha mais velha, Quiterinha, que morreu ainda criança? Da filha mais nova, Celeste, a sua Letinha, que morreu ainda há pouco? Lourença não sabe.

É Quiterinha que tá soluçando, meu Deus? É Quiterinha que tá chorando, é? Ou é Celeste? Quem é que chora assim esse choro tão sentido?

SEGUNDO DIA

Lourença gostaria de dizer ao investigador que tudo está desordenado, que tudo o que viveu, antes e agora, se choca, coriscando, mas é inútil, as palavras engasgam, empedram, e não saem mais. Gostaria de dizer para ele que aquilo tudo precisa parar. Mas talvez seja melhor afundar até esquecer tudo, as lembranças, os gritos, os soluços, todos esses rostos que esperam uma resposta dela e que ela não pode atender. Está muito cansada e tudo o que gostaria é de um lugar para encostar e dormir um pouco. Dormir e acordar dentro de um sonho, de outra vida, aquela em que Quitéria e Letinha são ainda pequenas e estão de novo em seu colo. Quanta coisa faria diferente, então? Primeiro, fecharia a porta. Depois, não seria distraída.

Mas o que esse homem está gritando, pelas cinco chagas de Cristo?

E já não é ela, Lourença, quem está dentro do rio das Cobras, é Letinha que ela observa, menina ainda, vagando pela garapa espessa das águas, depois correndo descalça pelas capoeiras, tornando a se encharcar, como ela mesma tantas vezes, nos brejões, acompanhando Ismênio na colheita da taboa selvagem. Seu olhar acompanha a filha e Lourença mal sabe se o que vê é Celeste ou um ente de névoa e memória, talvez ela mesma. De todo modo, vê uma menina guenza, os cabelos queimados pelo sol contrastando com a pele baia. E a escuta, ouve o timbre agudo de sua voz infantil gritando, pai, mãe, olha quanto que eu peguei! E sorri diante da empolgação inocente da menina. Os brejos de águas pardas exigindo mergulhos profundos, o ar entufando os pulmões, a água grossa, perigosa. Ela rememora os caminhos de labirinto dos caules e raízes embaixo da água transformando as hastes em armadilhas, laço nos pés dos descuidados, mãos esguias e pegajosas prendendo muitas vezes a pessoa, homem, criança ou mulher, a corrente das águas atraindo para o sumidouro, levando quem fosse para uma morte certa. Tantas histórias de gente moça e velha que morrera traída pelos brejos coalhados de taboa eram traumas que se transmitiam por gerações. E os afogados, uma espécie de herança.

Foi a vontade de Deus.
E quando Deus quer, nada empata.
Nenhuma folha cai da árvore da vida sem a ciência d'Ele.
Quem vai puxar a ladainha?
Era tão novo, fez um defunto bonito.

Mas Letinha se movendo esperta nas águas e ninguém nadando como ela. As bonecas cor de ferrugem da taboa se entregando fáceis, amigáveis, à lâmina, se ajuntando aos seus braços. Depois seus dedos miúdos no entrançado, se confundindo com os dedos dela mesma, Lourença, com os dedos da mãe, das primas e tias, com os dedos das comadres e das filhas das comadres. Cestos, esteiras, abanos, e toda a sorte de utensílios que sairiam do Mororó para as feiras. Coisa pouca, mas o bastante para pagar as contas na mercearia: o sabão amarelo, o açúcar e a farinha de mandioca, que quando misturados a seco mesmo formavam uma farofa doce para a merenda da meninada. Do mesmo modo, a taboa pagando as meiotas e quartinhas de cachaça de Ismênio. Como o marido andara perdido e por tanto tempo! Sim, ela lembra bem. Afogado, afogado, sim, mas não nas várzeas, não no rio, a cara cheia de cachaça, inchada, cheirando azedo. Dando cuidado de que morresse por qualquer acidente da morte, embora fosse bêbado manso e só quisesse mesmo se ajeitar num canto até a fervura passar. E Letinha crescendo nas obrigações. Lavar, enxugar, varrer, colher, cuidar dos mais novos, mergulhar, trançar, tanger os bichos de criação. Mas não era assim que tinha que ser? Não era esse o certo? Não fora assim com ela mesma, Lourença, quando pequena? Não tinha sido criada debaixo da ordem do pai e da mãe? Lavando, enxugando, cozinhando, olhando os irmãos, cada um deles, em suas fomes, choros, exigências? E levando lapadas nas pernas se fizesse corpo mole, se respondesse de má vontade? E mergulhando, mergulhando também! E não fora aquilo mesmo um treinamento para quando tivesse os próprios filhos?

 Lourença olha de soslaio para o investigador e sabe que ele não faz ideia de como é a vida da gente que mora no mato. Ou ele talvez não queira saber. Lourença, não, ela sabe bem das costas doloridas da filha envergando sob o peso de algum dos irmãos pequenos sempre escanchado na estreita cintura, mas não era aquilo que fortalecia o corpo e o temperamento, como acontecera com ela, com suas irmãs, com suas primas e antes delas com sua avó, sua mãe, suas tias? Não eram aqueles os deveres de menina-fêmea? Todo mundo deveria saber dessas coisas. Até o investigador. E o delegado. E a perita. Que nenhuma boa filha quer, no fim das contas, ser tida por moleirona, preguiçosa, pomba-lesa, indolente, desobediente, maria-mijona. E se quer, se deseja ficar encostada, vadiando, é forçoso pensar que filha assim, quem precisa? Um desgosto, um enorme peso para a família.

Queria dizer que era só por isso mesmo que corrigia Letinha desde pequena, uns beliscões, uns puxões de orelha, para não crescer imprestável. Porque filha mulher se a gente não disciplina, se perde, doutor. Porque só filha mulher é que pode virar puta. E ninguém quer uma filha perdida. As ovelhas tresmalhadas se não andam no caminho de Deus, o diabo leva. Para a perdição. Para o oco do mundo. O padre ensinara isso no catecismo. O pastor, muito tempo depois, confirmara. E era só por isso mesmo que distribuía bordoadas mais em Letinha do que nos meninos, e os nós dos seus dedos sempre foram mais duros que os de Ismênio para os cascudos, e a pega do seu indicador contra o polegar mais eficiente nos repuxos da tenra carne para a filha aprender, para que não sofresse no futuro quando o mundo viesse cobrar sua paga. Porque o mundo sempre vem. Não é isso? Era o que queria dizer, mas a voz não saía. A voz morria borbulhando em água. E então teve aquela ocasião em que a comadre Terência a repreendeu pela dureza com que tratava a menina.

Letinha não tem culpa pelo que aconteceu à falecida, Lourença.

Que desaforo de Terência! E que ódio sentira daquela frase. Da voz da comadre se colocando naquele tom muito superior, como se pudesse ensinar às filhas alheias o que não era de sua conta e arrotando uma sabedoria que não tinha para instruir nenhuma mãe de filha mulher, se até ali, com oito filhos homens, Terência nunca tivera uma única menina da qual fosse zelosa guardiã. Então como se achava por bem de lhe dar conselho ou reprimenda que fosse?

Tome seu rumo e vá para sua casa cuidar dos seus meninos, comadre, que da minha filha sei eu e Deus.

A resposta viera rápida, amargando. Ela ainda podia sentir o fel subindo à boca, engrossando, tornando pesada a língua. A falecida. Para que cutucar aquela ferida? Para que dizer em voz impostada aquela palavra que lhe doía no íntimo do peito? Não, não havia "a falecida". Tampouco a odiosa palavra "defunta". Sua menina mais velha tivera um nome, um nome que ela mesma escolhera, Quitéria, como santa Quitéria de Brácara Augusta, a virgem que escapara da morte ainda bebê mas cuja cabeça fora saque dos pecadores mal tinha dezesseis anos, moça séria e temente, coroada de resplendor, cuja imagem emoldurada num quadrinho, as cantoneiras de latão com arabescos nas quatro quinas, a acompanhara da sua casa de solteira para a casa onde fora viver com Ismênio. Fora presente de um missionário, quando era ainda mocinha. Lembrava de ter ficado horas olhando para a menina da gravura, seus olhos doces e piedosos, e de se perguntar por que não estava ali representado o seu martírio. Causaria má impressão a figura de uma menina decapitada segurando a própria cabeça nas mãos como uma galinha de domingo a correr, o pescoço pendido e sangrante, meio viva e meio morta? Seria isso? Devia ser, melhor como estava, vestida de branco, os mantos azul e vermelho sobre os ombros, a cabeça no lugar. E o que fizera mesmo com aquele quadrinho? Jogara fora a pedido do pastor e de Ismênio? Sim, eles pediram, ela lembra. Mas deitara fora? Jogara no lixo o corpinho inocente compactuando com a maldade dos romanos? Tivera essa capacidade? Lourença não lembra. Talvez de todas as imagens de santas de que se desfez tenha guardado só aquela, envolvida num lenço escuro no fundo do matolão. Disso permanece uma vaga lembrança, vestígio que se confunde com um sonho.

Nunca suportaria que chamassem sua menina de finada. Quiterinha acabara, então? Se esvanecera simplesmente, como um dia que é engolido pela noite, mas sem nunca poder voltar? Como se nunca houvera sua existência? Porque é certo que o nome pintado na pequena cruz de madeira se apagara com os anos e mesmo a cruz se desfizera sob o sol e sob a chuva, matéria podre voltando ao nada. Sua vontade era gritar. Enganosa é a formosura e vã toda boniteza, mas a mulher temente, essa sim agrada a Deus, o pastor dissera. Lourença perdera toda a sua beleza e as carnes de mulher quando Quiterinha morrera. Mas não havia dor nisso, na vaidade desperdiçada, porque aprendera mais que nunca a respeitar a vontade de Deus. E, se Terência acertava em alguma coisa, certo era que guardava no coração a mágoa de ter perdido aquela criança. Mas mágoa de Celeste? Não. Isso não seria possível, seria?

    Lourença engravidara de Letinha quando Quitéria era ainda de colo. E tudo corria conforme Deus queria, que é como se chama o cotidiano, até que numa manhã deixara a menina mais velha dormindo na esteira. Já fizera isso outras vezes. Era um dia tão quente, tão abafado, o céu armado de nuvens pesadas anunciando chumbo grosso na água que iria cair mas que no fim das contas não caiu foi nunca, ficou só por ali mesmo, pesando no céu e nas cabeças das gentes e dos bichos, mormaço ruim, e por causa do tempo que parecia fechar ainda mais, se apressou, a caçula ao regaço, e partiu para levar o almoço de Ismênio, na roça. Fora o mais rápido que pudera. Tivesse asas, voaria. Como sempre.

Fui num pé e voltei noutro, não queria que Quiterinha desse por falta se acaso acordasse.

    Letinha pesando nos braços, as pernas como pedras, e quando, no retorno, deu pelos rastros de sangue do terreiro à soleira da casa, entendeu que algo de muito grave havia acontecido. Quiterinha jazia desacordada no meio de uma poça de sangue. Ela, que desgraça, meu Deus! que desgraça!, esquecera de puxar a tramela da porta e a porca de um morador vizinho, aquela que não tivera os dentes serrados, a braba, e que dias antes atacara uma ninhada de pintos, entrara na casa e se lançara sobre a menina, destroçando as pequenas mãos, mordendo a neném em tudo quanto era lugar.

Gritei? Não lembro. Não lembro. Bem fez Jesus ao lançar os porcos ao abismo.

E aquilo, sim, é que fora uma dor imensa. E esperara tanto um milagre de Deus, desejara tanto que sua Quiterinha, como a Quitéria de Brácara Augusta, cuja história ouvira daquele frade em Santas Missões, que sua Quiterinha levantasse o corpinho desfalecido e tomasse dos membros estraçalhados para recompô-los, gloriosos. Mas não, nem a sua Quiterinha e nem a santa Quitéria com a cabeça entre as mãos rechonchudas de adolescente poderiam de fato ter a vida de volta. Nem mesmo Lourença, que sente a cabeça crescer, inflar, empedrar e depois implodir, nem ela mesma poderia ter outra vida depois daquilo. Não parecia que ela morreu naquela hora e que a vida toda até aqui nunca passou de uma morte continuada? E que agora, naquela sala abafada da delegacia, ela morre de novo, mais doída e mais morrida do que antes?

Não para nunca de doer, afinal. E quanto tempo passara prostrada mastigando culpa e raiva? Um tempo que se condensa em sempre. Raiva de si mesma, de Ismênio, do vizinho, da porca, raiva dos romanos, ódio de morar tão longe e não ter tido socorro a tempo, raiva de que a menina ainda tenha sofrido antes do último suspiro, raiva de ter que cuidar de Letinha, que chorava e mamava como se nada tivesse acontecido, e que nunca nem iria lembrar da irmã. Meu Deus! Coitada de Quiterinha! Nem fotinho no caixão para guardar de lembrança conseguira tirar! Raiva de Deus por Ele querer coisas tão ruins para as pessoas. Raiva da polícia, do coveiro, do padre, de Emerenciana. Raiva. Muita raiva. Mas não, não desgostava de Letinha, não, como a comadre insinuara. E que maldade dizer aquilo e ainda chamar Quitéria de falecida. E agora Letinha, o delegado dizendo que Letinha morreu. Chamando sua filha, a que restou, de falecida também. Pior, de cadáver. Repetindo que ela, Ismênio e Zaqueu, que a gente matou Celeste. Que a gente matou nossa filha. Que Zaqueu matou a irmã.

Meu Deus do céu, é isso mesmo que esse homem está dizendo?

E de novo seu corpo vaga, simultaneamente dormente e insuportável, se afogando no rio das Cobras. E quer soltar as pedras que amarrou aos pés, porque está arrependida e não quer morrer assim. E não vê mais Ismênio nem Celeste, e nem o pai e nem Terência. Não vê Quiterinha e a mais ninguém. Até que sente os braços de Ismênio a puxando com força para fora das águas.

SEGUNDO DIA

Lourença afunda novamente. Quando, ao citar a Bíblia, o padre e depois o pastor diziam nos sermões que o espírito de Deus pairava sobre as águas e que Jesus andou sobre o mar da Galileia, era no rio das Cobras que a mulher pensava, sempre. O rio das Cobras era o único rio que conhecera a vida inteira, rio mesmo, não olho d'água, nem regato, um corpo líquido e sinuoso que por muito tempo acreditou ser uma extensão de si mesma. E mar, nenhum nunca pudera saber. Lourença soçobra. O caixãozinho branco de Quiterinha nos braços de Ismênio parecia uma caixa de boneca daquelas da gente rica de Alta Vista do Redondo. Ela vira algumas de perto, certa vez, quando fora chamada pela irmã para ajudar na faxina da casa do dentista, uma fileira delas encaixotadas em cima do armário, numa prateleira. O dentista, um homem cheio de regras, não permitia nada fora do lugar e as bonecas todas olhando através de suas janelas de plástico transparente que as protegiam dos males do mundo, da poeira, das manchas de caneta e das tesouras das crianças.

Uma delas, a maior de todas, do tamanho de uma menininha, a única que estava no chão, olhava para ela através da embalagem, com seus olhos fixos e seu sorriso inalterável. A boneca era mesmo tão parecida com uma criança e seus sapatos rebrilhavam tanto, que ela ficou reverente diante daquilo que se afigurava como uma aparição. Era muito nova, não lembrava a idade que tinha, e uma das filhas do dentista, a mais velha, quase da sua idade, se espantara de que nunca tivesse tido uma boneca, nem de plástico nem de pano. Olá! Eu sou a sua nova companheira, sua Amiguinha de verdade. Sou tão grande, tão grande... que quase poderia ser a sua irmãzinha de três anos, a menina disse, olhando para Lourença, como se falasse pela boca da boneca, como se ela pudesse mesmo dizer uma coisa daquelas.

Ismênio com a caixa apoiada no ombro, não quisera ajuda de ninguém, Letinha no colo de uma tia, e ela, Lourença, despencando, caindo num poço sem fundo, num charco sem fim, as mulheres tentando ampará-la em vão porque a queda não acabava nunca, a taboa se agarrando em suas pernas, em seus braços e pelos seus olhos nada daquilo passava, nem o cortejo, nem a cena na qual encontrou Quiterinha, só a lembrança dos velórios de anjo de quando era menina e daquele que mais a impressionou, o bebê de dona Meninô morto e amarradinho pela cintura a uma cadeira minúscula, a cadeira com o anjinho em cima da mesa, e sobre a mesa velas em profusão, as pequenas asas numa base em forma de T, em verga, forradas de grosseiro algodão, ainda empelotado, e cobertas de penas de pato presas aos pequenos ombros. Em torno do mortinho, as pessoas com seus pedidos, e quantos eram! Intercessões ora cochichadas nos ouvidos surdos da criança ora presas em papelotes ataviados por fitinhas e alfinetes de fralda, quem sabia ler e escrever traduzindo a Deus os peditórios que agora estavam sob a guarda do divino defunto. E depois, o batuque, o baque surdo dos tambores, para que o anjinho voasse leve, acima de tudo e de todos, livre e sem pecado. Emerenciana, ainda moça, puxando as exéquias, chorando o valor que lhe fora dado.

> *Avoa avoa esse anjinho*
> *Que suba pelo bom caminho*
> *Vá rogando por seus pais*
> *E também por seus padrinhos.*

> *Avoa avoa esse anjinho*
> *Que suba pelo bom caminho*
> *Vá rogando por seus pais*
> *E também pelos irmãozinhos.*

> *Avoa avoa esse anjinho*
> *Que suba pelo bom caminho*
> *Vá rogando por seus pais*
> *E também por seus vizinhos.*

Mas, no peito da mulher, aquele oco agora tinha o nome de sua filha bem no centro e em volta dele a dúvida: Deus receberia anjinhos despedaçados? Tinha consigo a desconfiança de que não. Não havia na sua memória a lembrança de anjinhos assim arruinados. E, depois de tudo aquilo, como continuar vivendo no Mororó? Já o delegado e o investigador não querem saber nada de Quiterinha, Lourença tem ciência disso. A voz de um deles, nem sabe mais de qual, se eleva. É uma voz dura. Quer saber dos últimos dias, dos acontecimentos. Diz que quer saber da fogueira. De quem foi a ideia. Mas o que nenhum deles quer mesmo saber é do espírito de confusão ou das manhas de sedução do diabo. Disso eles não querem notícia, embora seja o que de verdade importa. E é por isso que ela se cala. Prefere se ter com sua vida, o que parece ser mais proveitoso mesmo estando naquela situação.

Será que o filhinho de dona Meninô chegou direitinho à casa do Pai? Será que nenhum pedido se extraviou no meio do caminho? Terá sido recebido em festa pelos outros anjos? Haveria batuque entre as lágrimas? Talvez nem houvesse lágrimas, a mãe lhe dissera que o céu não doía. E eram tantos inocentes subindo à casa de Deus naquele tempo, até que, depois, anjinho nenhum conseguiu mais chegar ao céu, ela lembra. Os homens de Alta Vista vieram, as autoridades, dizendo que os velórios dos anjinhos postos em cima das mesas das casas, milagrosos, celebrados, que aquilo era crime. E veio até o bispo dizer que era pecado, que não podiam mais venerar os anjos três dias ou uma semana que fosse antes do enterro, nem podia batuque, nem festa, nem dizer aos compadres, não chorem, felicidade maior é ter um anjo no céu. Lembra da mãe de olhos vermelhos arrumando os gêmeos nas caixas, as asas de papel, sem rito. Morreram de tifo, os dois, Cosme e Damião. E nem a mãe e nem o pai puderam batucar para eles. Demorou, se falou que teve gente até presa em outras localidades. Que era para obedecer à nova ordem. E uns foram fazendo os velórios escondido, outros foram denunciando, até o povo se acostumar a que aqueles emissários não poderiam mais transitar livres como antes entre terra e céu.

A casa nova, no Tapuio, foi levantada com o auxílio da comunidade. Casa de taipa, brotada do chão pisado, os talos de madeira cortados por Ismênio e pelos vizinhos, as paredes vedadas com barro calcado por ela mesma, as comadres e parentas, todas as vozes, no cantochão profano, se erguendo, instrumento de trabalho, marcando as fundações da casa, penetrando no chão, nos vãos entre as treliças e o tapume. É outro começo agora, Ismênio falou. É bom que a comadre se distrai. Esquece um pouco, disse Terência. Logo nem lembra da vida no Mororó. E se conforma. Enxuga essa lágrima, mulher, disse a irmã mais velha, Etelvina. Mas qual! Trabalho findo e o coração boiando nas trevas, mugindo abafado, bicho arrastado pela correnteza. E aquele dia pesado, a morte de Quiterinha se repetindo mal seus olhos se fechassem, mal se distraísse em sono ou pesadelo, aquela manhã nunca mais a se desvanecer de dentro dela.

    Dor maior sofreu Nossa Senhora vendo seu filho morto pelos pecados do mundo. As coisas que as pessoas vinham lhe dizer na intenção de confortar sua dor mas que só a faziam se sentir como um embrulho mal-amanhado. Sossegue, Lourença, Quiterinha agora é um anjo na corte do Senhor. Foi isso que o padre falou na sala da casa dela, não foi? Quiterinha um anjo, como o filhinho de dona Meninô, será? Quiterinha correndo solta pelo céu, depois passeando de mãos dadas com a Virgem, brincando com os outros anjinhos. Terá encontrado Cosme e Damião, seus tios? Será que criança cresce no céu? Troca dentinho de leite? Espicha corpo, pés, até não caber mais em suas roupas, em seus calçados? E o padre dissera aquilo mesmo ou ela imaginou? Os cabelos de Quiterinha finos, uma poeirinha, como os cabelinhos da espiga de milho. E Nossa Senhora com tanto inocente ao seu redor não se envergonhava de roubar a filha dos outros? Fosse ela cuidar do seu Menino Jesus, certamente tinha uma corte de anjinhos de todas as idades, todos loiros como a boneca amiguinha da filha do dentista, para ajudar a entreter o menino, a cuidar dele enquanto ela varria, cozinhava, trançava, tangia. E haveria aquela senhora de se apiedar de anjinho moreno, de anjinho preto, de anjinho com remela nos olhos, fungando de gripe, tossindo suas coqueluches? De anjinho estraçalhado por um bicho mau? Agora duvidava. Mas vá, se tinha tanto anjinho ao seu redor, pra que Nossa Senhora queria mais? Pra que levar embora sua Quiterinha numa morte como aquela, tão triste?

Lourença afunda e afunda. Não há espírito nenhum que se assente sobre as águas e nenhuma respiração embaixo dela. Como o padre podia saber daquelas coisas, daquelas verdades tão agarradas em si mesmas, se nem tinha como saber direito o que acontecia em Tapuio, em Mororó, no Rastro da Pintada, em Lajeiro Grande e Lajeiro Miúdo, no Brejo dos Afonsos? Talvez soubesse melhor das crianças que morriam de morte mais civilizada em Alta Vista do Redondo e que recebiam a recomendação, muito das bem-vestidas em suas roupinhas engomadas de boneca, seus sapatos pretos ou vermelhos de verniz calçando os pés, suas meias com bolotas de crochê penduradas na barra, seus laços de fita de organdi no cabelo, sendo menina, suas gravatinhas de marinheiro, sendo menino-homem, e a caixa rebrilhando a celofane no altar de Nossa Senhora do Patrocínio. Ninguém queria saber daquelas outras histórias. De uma menina desperdiçada por dentes afiados. Dos seus cabelos misturados à terra da capoeirinha. Os dedinhos roídos, perdidos. Boneca de trapo, mais molambo que menina. Quem queria saber de verdade? Ninguém. Nem o padre, nem o prefeito, nem a boneca amiguinha para sempre dentro da caixa, imaculada.

Lourença lembra e não pode não lembrar. Mas numa daquelas manhãs em que não se via uma única nuvem no céu, e um sol rubro de cobre e a poeira levantada pelo vento se impunham, deu por vista nos garranchos que se acumulavam na porta da capela do Saco do Tapuio. Estava cansada de sofrer. Havia ainda sacolas plásticas, muitas delas sujas de lixo, malcheirosas, que se engastalhavam nos garranchos. Mais de um ano havia se passado e àquela altura, já grávida de Zaqueu, pegou a vassoura e tratou de deixar o entorno da casa de Deus o mais limpo possível. Assim, procurou fazer as pazes, ficar mais perto de Jesus, que dissera, vinde a mim as criancinhas. E, assim, quem sabe ficar mais perto de Quiterinha. É preciso ter fé em Deus. E isso começou a dar uma paz ao seu coração. E todos os dias pela manhã e no fim da tarde se ocupava dessa limpeza, silenciosa, concentrada. Saía de casa, puxando Celeste, e cisco nenhum ficava na calçada e nem no terreiro da capela, muitas vezes nem nas soleiras das poucas casas ao redor. Enquanto varria, esquecia, enquanto esquecia parecia que aquela havia sido outra vida que vivera, uma ferida que ia criando sua casca e só sangraria se cutucada. Fizera mesmo uma vassourinha de piaçava para a menina, que agora tinha a idade de Quiterinha quando esta morrera. Variava, dizia o povo.

Mas um dia calou os cochichos que a diziam doida com um discurso sobre ordem, limpeza. Povo porco! Por isso tanta lombriga, tanto achaque. Se a gente não zelar pelo Tapuio, quem zelará? Não, não se deixaria ser chamada de doida, como chamavam a Chica Piolho, muito embora, se fosse doida mesmo, seria ali no escondido dos seus pensamentos, do jeito que achava melhor administrar, porque ninguém tinha nada com isso, nem Ismênio que começara a beber e era aquilo, sim, um tipo de doidice. Mas, se fosse mesmo doida, a loucura não era um direito que havia conquistado, afinal? E limpava, e lustrava, e isso ia lhe dando algum sossego e em pouco tempo, com a confiança do padre, ganhou a chave da capela, se encarregando também de cuidar do interior da construção. O apadrinhamento do padre diminuiu os murmúrios e chorar, de arrancar os cabelos, apenas na segurança de estar só.

Eu espanava a imagem do Cristo, de são Gonçalo de Amarante, da Senhora Sant'Ana, da Virgem Menina, de são Joaquim. Mas com o passar do tempo, se eu não limpasse mais, a tranquilidade do meu coração desaparecia. E eu limpava mais e mais. O chão varrido para a missa na quinzena, o chão varrido para as noites de novena, os bancos e os tamboretes juntos, organizados, as flores em água nova no altar. Em casa limpando, limpando, até os dedos sangrarem. Mas, doutor delegado, me diga, quem é que vai enterrar a minha filha?

Francisca e Tércio
PRIMEIRO DIA

O menino chegara correndo à casa de Francisca e Tércio, a quem os autos denominarão depoentes tão logo eles sejam identificados. Pés escalavrados, a roupa empapada de um suor gelado do frio da madrugada, o corpo enregelado de medo. Tão matando ela, tão matando ela, ele gritou, dando golpes na porta, fracas pancadas, as mãos dormentes, a voz infantil crescendo mais que ele mesmo, os gritos como que saindo para além da garganta, também de todos os poros, ressoando o desespero. Tão matando ela, repetiu, e começou a chorar entrecortada e profundamente, um choro quase não mais de menino, desarticulado, um desespero só. Até que o homem, receoso, o facão na mão, para o caso de precisar se defender, abriu devagar a portinhola e na luz baça da madrugada divisou a criança que mais parecia outro tipo de vivente, bicho, sim, que, amarrado pelos pés e colocado de cabeça para baixo, tivesse sido levado à feira para ser negociado e entendendo pouco dos costumes dos homens afirmasse sua resistência naquele balido. Bicho, sim, mas ainda menino.

A criança tinha um corte na cabeça e seu estado era lamentável. Seu corpo tremia inteiro e não conseguia completar uma frase que se fizesse entender além da afirmação, que, sim, a estavam matando. Era o filho de Celeste, Kevin, Tércio logo reconheceu, e o casal não podia imaginar o que o menino tinha para lhe contar. E foi o que declararam ao delegado, ao investigador, ao escrivão, contando e recontando tudo, com poucas variações, em algumas horas de depoimento.

Dormiam. A gente do mato dorme cedo. O dia é invariavelmente muito duro. Na manhã seguinte tinham um lote de algodão para colher, o homem precisava ir até a Fazenda Sabiá prestar contas do trabalho meeiro, à mulher caberia dar conta do resto. Muito por fazer, enfim. Dormiram cedo, como sempre. Os corpos sem distinguir entre cansaço e dor. Desabaram na cama, no colchão de palha dura, e entraram na longa noite sem sonhos. Se antes disso conjugaram seus corpos no encontro de peles e suores e sexos, não disseram. As filhas dormiam no cômodo vizinho. Até que foram sacudidos pelo menino que chegando no meio da madrugada, três, três e meia da manhã?, assombrara a todos com seus pedidos de socorro. E então falaram do medo que sentiram ao ouvir a zoada na porta de casa, o alarme de morte que lhes encheu de apreensão de que gente ruim tivesse vindo de fora para fazer todo tipo de miséria ao povo, ou de que fosse uma armadilha para eles mesmos, embora não tivessem nada de valor, tampouco inimigos, mas quem se dispõe ao mal quer saber disso? E de como, ao enfim sentirem o cheiro de queimado que vinha de longe, carregado pelo vento, vestígio entrando incontível, invadindo a casa pelas frestas, entrando pelas narinas, no corpo todo, só então entenderam. Os cães agitados. Com algum custo, o menino conseguira dizer que era à mãe que os avós e o tio supliciavam, que era à mãe, Celeste, a quem todos chamavam de Letinha, que a família queimava viva.

Uma menina que a gente viu crescer, doutor. Uma tristeza, uma coisa dessas. A gente deu por vista que nunca aquela criança teria corrido tanto como correra ali, entre barrancos e carrapichos, escalando a porteira, que a casa da gente não é tão perto da casa de Ismênio e Lourença, um bom pedaço pra se andar, e ainda a ladeira, que é difícil, o senhor sabe, ainda mais no escuro da noite.

Correr como Kevin deve de ter corrido só se corre mesmo para salvar a própria vida e contar sua história, duas coisas que, afinal, se confundem. E quem de uma escapa, cem anos vive, sabem os mais velhos, e desse jeito foi que o menino escapou. Do mesmo modo que resistira a muitas outras sortes ruins antes disso e como vai se safar de muitas outras depois dessa, um sobrevivente. Eles contaram. Celeste engravidara no tempo em que vivera em São Paulo. Deixara Tapuio e fora para Suzano, para a casa de parentes, tentar a vida de empregada doméstica na metrópole, caminho comum desses horizontes. Era o que sabiam. O que todos sabiam e comentavam. Nada de estranho, nisso. Quantas já foram e ficaram? Quantas já foram e depois de algum tempo voltaram? Quantas já foram para o nunca mais?

Essa menina vai é se perder, é triste ter filha mulher que só o que faz é dar desgosto e trabalho na vida, sem paga que não seja a ingratidão. Se vai, que não volte mais é nunca. Francisca lembrava, palavra por palavra, o que Lourença dissera, o coração e a boca cheios de mágoa, meses a fio, inconformada. Entretanto, depois de algum tempo, é certo que a moça passou a dar notícias e enviar ordens de pagamento, um dinheiro para ajudar mãe, escrevera na primeira carta, a letra redonda e bonita que aprendera com afinco com a professora do grupo escolar. E o coração de Lourença como que amansou. Era o que Francisca sabia. Lourença mesmo que contava a todo mundo, não é, doutor? Chegou o dinheiro que Letinha mandou. Nunca esquece da gente, ela dizia. Mas esse orgulho foi bem depois. Antes era só a revolta de quem tinha a certeza de que a filha daria de ser puta.

É certo também que às vezes o dinheiro demorava um pouco e até faltava, talvez por força da dificuldade de uma mulher sozinha se manter naquele colo de arame que era a grande cidade, mas tão logo ela conseguisse emprego ou bico, a ajuda em dinheiro não tardava em recomeçar. Doze anos depois de ter partido numa viagem que parecia interminável, cortando o país, Letinha voltara definitivamente trazendo Kevin pela mão. Sua chegada se dera havia poucos meses. Voltara diferente, mulher-feita, pegara corpo depois da gravidez, estava mais falante.

Se tinha má fama, a gente não sabe, nem deu tempo de assentar. E agora isso. Essa desgraça! Lourença e Ismênio ficaram cegos com as palavras do pastor. Isso é que é. Perderam o tino. E não foi só eles, não, muita gente acreditou. Um homem santo, é o que dizem, né, doutor? Desculpe, eu sei que o senhor é da Congregação, não tenho a intenção de afrontar. Mas pra mim tanta santidade nunca agradou, não, porque, no começo, eram promessas e mais promessas, testemunhos de vida, pobres que ficaram ricos, desenganados que se curaram, sermões sobre o povo escolhido, o jugo do demônio que foi sendo vencido, mas logo, veja só o senhor, tudo virou pecado, as rodas de dança de São Gonçalo, e muito costume nosso, a cavalhada, coisas que o padre mesmo, que já vive aqui há muito mais tempo, nunca ignorou nem tratou com desprezo. Eu não sei dizer se aqui na cidade o pastor tinha palavra mais branda, mas por lá, no Tapuio, em Pacapi, no Poço da Guiné e nos sítios por onde andava, era só clamor contra tudo. O senhor sabia, doutor, que ele pediu pra Lourença cortar as flores da entrada de casa e que ela assentiu? Já as imagens das santas, de que ela gostava tanto antes, essas ela jogou fora porque quis, acho que foi pra agradar. Quem sabe mais o que ele pediu ou exigiu? Tenho pra mim que ele se aproveitou da família que, o senhor deve saber, nunca se recuperou direito da tragédia que aconteceu com a menina mais velha. E esse homem, cadê ele, ele vai preso também? Desculpe, desculpe. Sei que não foi isso que o senhor perguntou.

Ismênio
TERCEIRO DIA

O delegado já presenciou um espírito de bruxa atuando? Em tudo reina a baderna, a falta de respeito, a inversão dos valores, a colaboração com o Príncipe deste Mundo, a sujeira da Besta Imunda, a enganação, a mentira, o perjuro, a perversidade, as ancas de Salomé, as pulseiras de Herodíades. Em tudo as asas escuras do Inimigo, do senhor deste mundo, palavra do pregador, graças a vós, Senhor!

O senhor fique calmo. Eu vou falar. Mas o senhor precisa me escutar. O senhor pode escutar? A história é mais longa do que o senhor tá pensando. Então se o senhor tiver paciência, eu conto.

O povo mais antigo falava, doutor, que teve um tempo em que existiu uma bruxa chamada Engole-Vento. Era uma jovem bonita e enganadora. Escute, por favor. Eu vou contar tudo o que o senhor quer saber, mas me deixe contar essa minha história. Pois bem, todas as noites ela, Engole-Vento, oferecia a sopa que preparava pro marido, temperada no próprio sangue dela. O marido tomava a sopa sozinho, já que Engole-Vento não podia comungar daquela refeição. Depois do jantar o homem se deitava ao lado da mulher na cama e adormecia, saciado, junto ao seu peito, sem ao menos desconfiar do que acontecia, das coisas que ela tramava pelas costas dele, na cozinha. Era então quando ele estava no sétimo sono que a cabeça da mulher pouco a pouco começava a se desprender do próprio pescoço e depois que estava totalmente solta, aquela cabeça saía voando pela janela, sabida, procurando alimentos com os quais pudesse se saciar e engrossar o próprio sangue. Certa noite, alguma coisa aconteceu, e o marido percebendo a movimentação estranha surpreendeu a cabeça voando de volta ao quarto. Ele quase morreu de susto ao ver de um lado aquele corpo vivo e quente e do outro aquela cabeça cheia de vontades, despregada, voadora. Mas como ele amava a moça que era dele e a sopa que ela oferecia era gostosa e sempre na temperatura certa, nem muito quente, nem muito fria, passado o susto, a verdade é que nada mudou entre os dois. E ele guardou segredo a respeito dos estranhos voos da cabeça de Engole-Vento e tudo permaneceu como sempre fora. Mas uma noite parentes da mulher que pernoitaram em sua casa flagraram a cabeça se desprendendo do corpo e, tomando aquela flanagem como algo demoníaco, coisa que era verdade, e tirando proveito do sono do marido, pegaram o corpo da mulher e o incendiaram amarrado a um madeiro. Não podendo jamais voltar ao próprio corpo, com o tempo a cabeça de Engole-Vento transformou-se num pássaro de mau agouro. O senhor conhece esse pássaro, não é? Ninguém quer ter avistamento com ele.

Calma, doutor, não precisa gritar, é somente pro senhor entender tudo, do comecinho, como o senhor e o outro doutor aí querem. Pois eu lhe digo que no dia em que Letinha voltou pra casa, vinda de São Paulo, trazendo o menino pela mão, um espírito de bruxa chegou com ela. A gente não sabia do menino, que já é grandinho, o senhor deve ter visto. A gente não sabia, ela nunca contou, mas a gente aceitou. Sangue nosso, a gente não enjeita, e mesmo não sabendo quem era o pai a gente acolheu nosso neto e a mãe dele. Mesmo ela não explicando muito. Quando foi à noitinha, ainda era o lusco-fusco, a gente escutou o barulho da rasga-mortalha presa no terraço, as asas dela fiando e cortando o pano pra cobrir o defunto que ela agourou. Quem podia imaginar o que ia acontecer? Eu tava feliz com a volta de minha filha, e até com aquela novidade. Um neto, né, doutor? Quando o olhar de Lourença escureceu, ou foi o meu, não tenho lembrança, eu corri pra tanger a agourenta, aqui não tem tesoura nem pano, aqui não mora ninguém. Todo mundo gritou. Até o menino, que tava encolhidinho no sofá, cansado da viagem, né? Até ele gritou também.

Letinha chegou estranhando nossos costumes. Por que vocês são crentes agora? Por que arrancaram os antúrios? Cadê os copos-de-leite? Não tinha mais nenhuma dessas flores, porque o pregador não gostava, porque sua forma perturba o cristão e dá ideia ruim para as safadezas dos mais fracos. Tudo o que Deus faz é certo, mas é certo também que Ele botou a serpente no mundo pra testar a fidelidade dos seus. E eu disse pra ela, Celeste, minha filha, agora a gente é povo escolhido, Deus não gosta de falta de vergonha, dessas roupas coladas, desse perfume doce, o Pai lá do alto não aprova e a nossa Igreja também não. Mas você está aqui, debaixo do teto do seu pai e de sua mãe, e todo passado há de ser esquecido porque eis que Jesus faz novas todas as coisas. Veja sua mãe, e eu também, já viu como a gente mudou? Eu não bebo mais, sua mãe lhe disse, não foi? Sua mãe, mesmo, está mais tranquila, conformada. E Zaqueu tava se perdendo no mundo, mas encontrou o caminho reto, e você há de encontrar também. Joaquim e Jeremias tão trabalhando na capital, para o irmão do prefeito, que também é da Congregação, e os dois seguem todos os preceitos direitinho, mesmo sendo tão novos. Mas não adiantava conselho, explicação, doutor, Letinha ainda estranhava tudo, e o menino também, mas a gente tava dando tempo pra eles se acostumarem. Juro pro senhor. Algumas almas perdidas nas ilusões do mundo precisam de mais tempo pra receber a palavra divina e acolher ela no coração.

O doutor deve saber que na casa de um justo de Cristo reina a ordem, a limpeza e os ensinamentos da santa Bíblia, do profeta e do pai espiritual, que é representado pelo pregador. Quem sou eu pra lhe ensinar isso? O senhor sabe bem. Mas o que quero é mostrar pro senhor que a gente fez tudo certinho. E que assim era lá em casa desde que Lourença se converteu e depois eu e os meninos. Todos os dias, depois da oração da tarde, eu desligava a caixa de luz pra mente não se distrair em pecado. Mas não é todo justo que faz isso, só os mais fervorosos. O pregador contava pra gente dos bons exemplos que ele já havia presenciado pelo mundo. E desde que ele me ajudou a largar o vício que fiz essa promessa, de ser um crente fiel, de valor. Um justo verdadeiro. Foi ele quem me ensinou a leitura e a palavra na escola dominical. Foi ele quem me ensinou a falar bem. O senhor viu como sei explicar tudinho? Só que pra Letinha isso não bastava.

Mas me acompanhe, que o senhor vai entender. Porque foi assim que eu virei esse justo. Joguei fora o rádio, a televisão e só não cortei os fios da luz porque disseram que era crime, e o senhor pode acreditar, eu sou uma pessoa de bem. Lourença, minha mulher, coitada, também é. Não maltrate ela, não, essa mulher já passou por toda provação que Deus impôs. A gente perdeu nossa filha mais velha há muitos anos, num sucesso triste, muita gente ainda lembra. Mas Letinha chegou implicando. Como podia a casa naquele breu? Pra que orar? Pra que dormir tão cedo se não era uma galinha no poleiro? E a bagunça que ela fazia? O desmazelo? Por último passou a comer no quarto, feito um bicho numa baia. Ela e Kevin. O que a gente fez não era pra matar a menina, não, doutor. Era só pra livrar ela daquela obsessão. Obsessão de perturbar, de desfazer da religião e dos bons costumes. E não era ela. Era um espírito de bruxa, de igual modo da história que lhe contei. Na tarde do acontecido, Zaqueu trouxe ela pelos cabelos. Tava desde cedo tomando cerveja numa birosca com uns malandros. Eu já havia falado, a mãe já havia falado, mas ela escutava? Não escutava nada. A confusão foi formada, doutor, quando Lourença juntou as roupas dela num monturo pra queimar. Ela não se conformou e partiu pra cima da mãe, que pecado mortal, Jesus amado, um filho levantando a mão contra aquela que lhe botou no mundo entre dores! Quem já viu uma coisa dessas? Mas mesmo assim eu sentia que tudo ia se resolver, eu tinha fé que ia. Corrigi. Corrigi, não nego, com uma mão pesada que nunca tive antes. A mão do anjo do Senhor pesa mais naqueles por quem mais temos apreço. Quando ela voltou a si, era a bruxa que falava por sua língua tanta sujeira, tanto palavrão, coisa que até me envergonho de lembrar. Mas garanto ao senhor que tudo isso eu relevei, e mesmo a mãe dela relevou. A gente tinha fé, senhor, de trazer de volta aquela ovelha desgarrada. Zaqueu segurou enquanto eu e a mãe amarrava ela. Depois Lourença trancou Kevin no quarto, porque a gente ia fazer o trabalho de desobsessão, adiantar o serviço porque tava demais, e no outro dia a gente ia levar Letinha pra que o pregador expulsasse o espírito de bruxa dela, como Jesus expulsou sete demônios de Maria Madalena. Mas o Inimigo não parava, ele queria ruína e continuava a dizer indecências pela boca de minha filha. E disse, doutor, que a gente se enganava com o pregador, que aquele não era homem santo nenhum, que se era um homem santo por que tinha no braço direito a figura de uma mulher nua desenhada, que se era um homem santo por que havia trepado com ela com tanto gosto?

Ah, senhor, o coração estremeceu com tanta falsidade. O senhor já viu qualquer coisa no braço do pastor, já viu? Eu, nunca. Já viu ele faltar com respeito a alguém? Qualquer indecência? Foi quando Lourença e eu decidimos que antes de levar Letinha àquele santo homem a gente mesmo iria fazer a purificação, como ele falou tantas vezes. Expulsar o demônio. Eu sei, o senhor me desculpe se eu choro um pouco, é porque lembrando tudo agora, eu sei que Deus quer o melhor para as suas criaturas e um pai só quer o melhor para seus filhos, e olhando tudo agora parece que a gente fez algo de errado, mas até onde o senhor iria pra salvar a alma de um filho seu da perdição? Mas eu sei que tudo deu errado, não foi?

Não era pra matar, não, doutor. Não era. O pregador disse que quando se fazia a purificação o Inimigo ia embora, mas a pessoa permanecia. Foi isso que ele disse. Mas a gente deve de ter errado em alguma coisa.

O senhor desculpe se eu choro. Não era pra matar, não.

O senhor lembra que eu falei, logo no começo, do augúrio ruim da rasga-mortalha? O senhor se lembra?

Só sei, doutor, é que um caixão saiu da minha casa.

E agora não tenho mais nada pra dizer, não, doutor, mas queria pedir pro senhor falar com o investigador pra não afogar mais Lourença, não. Ela já é velha, doutor. Ela não aguenta.

Lourença
TERCEIRO DIA

Lourença molha os pés na beira do rio. Agora sabe que não é nenhuma das filhas quem está chorando. Deixou Letinha em casa, dormindo no mesmo lugar em que meses antes deixara Quiterinha dormindo também, mas dessa vez lembrou de trancar a tramela embora já não exista a porca para causar nenhum mal. O bicho fora sangrado em sacrifício, uma vida por outra, embora isso não tenha servido de consolo nenhum. E quem se importaria com qualquer coisa, se o mal já havia acontecido? Claro, é preciso ser sempre vigilante para que o mal não se repita. Assim, a louça lavada, o mingau da menina na panela, o almoço de Ismênio na marmita, a tramela aferrolhada, Quiterinha doendo na lembrança, Zaqueu, um peixe desconhecido na barriga.

Assim diz o Senhor: ponha em ordem a sua casa, pois você vai morrer, não se recuperará.

As águas do rio das Cobras sempre muito frias. Suas lágrimas são quentes, mas logo se perdem. Se ela se deixa levar pela correnteza, a vida vai impor sua resistência natural, e sendo boa nadadora como é, como sempre foi, não pode dar o luxo dessa vantagem à vida, não mais, não naquele momento. Se a correnteza e a morte vencem, o povo vai falar do pecado mortal do suicídio, o padre vai demorar para dar as recomendações, se é que as dará, mas talvez aquela exata agonia acabe. O fogo do inferno será outra dor, mas certamente há de ser uma dor diferente. Eis uma esperança. Tudo é, ao mesmo tempo, rápido e lento. A rapidez da ação, a lentidão da memória. Como Ismênio soube? Como aparecera ali, gritando por ela, invadindo o lugar de sua morte? Borrando sua solidão com aqueles gritos, seu nome repetido, Lourença, Lourença! Volta! Quem deu a ele o direito de intervir? De manchar a morte que ela queria certa com aquela dúvida que agora crescia como a torrente do rio crescia também? De um lado, vê o marido se jogando nas águas para salvá-la, e ela afunda e retorna, afunda e retorna, bate nas pedras, teme agora que ele morra também, que Letinha fique sozinha ao deus dará, um filhote abandonado sem chance alguma. Quando a acharem será que haverá morrido de fome e choro? E ela, Lourença, será que ainda quer morrer? Não sabe. Tudo tão rápido e tão lento! Sabe apenas da dor e do medo e que a vida é tão poderosa como a morte. Preferia mesmo ser um bicho bruto e viver e morrer sem mais. Como a porca. Como Letinha agora abandonada, dormindo inocente diante da tragédia que se aproxima.

O investigador grita que Celeste foi queimada viva. O delegado balança a cabeça e pede confirmação. Quer saber o que aconteceu nas horas anteriores ao crime. Mas o tempo está emaranhado, será que eles não percebem? Os dias mudaram de lugar e o fio dos anos há muito se perdeu e não segue o curso que antes seguia. E ela, Lourença, agora está ali, na margem sem margens do rio das Cobras, com as trouxinhas de pedras atadas a cada um dos tornozelos. A água é muito fria. Os calcanhares batem um contra o outro e ela tomba. Lourença submerge. Serão as águas do batismo? O que há para saber senão que um espírito de bruxa, um espírito de confusão se enfiou em minha casa como mais uma provação? E, se alguém morreu, com certeza não foi Letinha, mas aquilo que dentro dela a obcecava. E o que há para saber que não comece mesmo em Quiterinha?

Que águas são essas? Não são águas de batismo. Serão as águas da extrema-unção? E esse rio é todo feito de lágrimas, como a vida?

Quando o pastor chegou no Tapuio e comprou por uma grande soma a casa e o terreno de Vitorino, ninguém poderia olhar para aquele homem senão com desconfiança. Quem iria querer alguma coisa ali? Ainda mais gente igual àquela, fina, a boca cheia de palavras bem arranjadas e dispostas com cuidado, a camisa dele sempre alva, bem engomada, as mangas compridas, fizesse calor ou frio. Quando se soube que era um crente, um pastor, as desconfianças de Lourença foram as primeiras a ruir, pois só alguém que viesse verdadeiramente em nome de Deus poderia querer se estabelecer naquele lugar, foi o que ela pensou.

Quando o pastor, o pregador, reuniu as pessoas, num fim de tarde bonito, estiado, embaixo da árvore barriguda, para falar aquelas coisas tão certas do reino de Deus, o cheiro de terra molhada despertando aquela esperança de coisa boa por vir, a Jerusalém celestial, a cidade de cima, sem vícios e sem maldades, que resplandece a um ouro que não é desse mundo, cuja luz destrói a noite e onde corre um rio de água viva, foi também para dizer que iria morar ali mesmo, no Tapuio, sua casinha construída entre as casas da gente. O povo riu, satisfeito, e aplaudiu, o Tapuio parecia enfim ganhar importância. E, desse modo, a crença na boa vontade do forasteiro fora cimentada.

Assim, quem esperava alguma resistência de Lourença, a quem àquela altura, pelos anos de cuidados dispensados à capela, todos chamavam de Lourença Sacristã, não sabia da falta que fazia em seu coração alguém que olhasse de perto pelo Tapuio, e por ela mesma. Tampouco sabia dos sentimentos confusos que tinha para com aquele Deus que não a amparara, que fora incapaz de lhe dar um milagre e até mesmo de amenizar a agonia que sentia na cabeça, no espírito. Sentia que muito fizera pelo padre, pela igreja dele, e pouco retorno tivera. Aquela dor funda que sentia na alma não passava nunca, a única filha viva desencontrada sabe Deus onde, Ismênio tornado um cachaceiro e os meninos já seguindo o mau exemplo. O pastor, por sua vez, oferecia um mundo novo, resplandecente, ressurgido sem males, onde Deus recompensaria os justos também nessa vida de agora, como uma passagem antecipada da glória do paraíso. Deus é fiel e o abençoado pela fidelidade de Deus recebe o seu quinhão aqui na terra mesmo. Não há sacrifício sem bênção. E bastava olhar para aquele homem tão seguro e alinhado, de palavras tão medidas, os cabelos tão finos e lisos, o reflexo ruivo de leve, delicado sobre os fios, para perceber que era o caminho, a verdade e a vida aquela missão que ele havia trilhado, o rumo que havia escolhido para si e que distribuía como graça para quem quisesse. Um santo homem!

Lourença chorou uma noite por deixar para trás a fé que conhecia, mas logo abafou o choro e não precisou pensar muito na proposta que o pastor fizera, ali mesmo, na sua cozinha, de ser uma multiplicadora, uma missionária da palavra, coisa de muita responsabilidade, e nem se passaram três dias, pegou o lotação até Alta Vista para devolver ao padre a chave da capelinha, sem desaforos, é certo, mas com os ouvidos moucos para o seu sermão e zangas. Quando o templo da Congregação ficou pronto, foi a primeira a ser batizada, o mergulho no tanque, a morte de tudo o que ficara para trás, a nova vida que parecia se abrir plena de virtudes e bênçãos. Deus é bom, o tempo todo. E porque Deus faz novas todas as coisas, o passado já não importaria mais. O lobo convivendo com o cordeiro e o leopardo repousando junto ao cabrito no remanso. O bezerro, o leão e o novilho gordo se alimentando juntos pelo campo; e uma criança os guiando.

Tudo está turvo. As palavras engasgam, as mãos do investigador afundam os ombros, a nuca. E elas pesam demais. Lourença prestes a se diluir, a se desmanchar como um papel encharcado, tomado pela corredeira. Os pensamentos embolam uns nos outros e se afogam. Os pensamentos se perdem e não há como voltar. Não dessa vez. Não há os braços de Ismênio a puxando para fora. Não há o fôlego apavorado e forte restituindo a sua respiração, aquela respiração limpa, de quando ainda não havia o álcool. Lourença afunda. E sabe que se desfaz.

Antecedentes
AMARILLO

Mesmo antes de sair do desenho, a construção do templo do Saco do Tapuio, como ficou conhecido o presbitério da Congregação dos Justos em Oração, impressionou tanto as pessoas da comunidade e das localidades vizinhas como os cidadãos de Alta Vista do Redondo, ao qual o distrito de Saco do Tapuio pertence. Antes dos alicerces e de ser assentado o primeiro tijolo, a edificação foi construída na imaginação das pessoas. Esta, uma obra de execução muito mais rápida. E não eram poucos os que se perguntavam o motivo que levara os forasteiros a escolher um lugar fora de mão para um empreendimento daqueles, quando havia na cidade terrenos igualmente bons e em locais muito mais valorizados. Se o templo seria tão bonito quanto se comentava, por que motivos oferecer aquela beleza à gente rude do Tapuio?, era a pergunta que se repetia nas rodas de conversa nas calçadas, nos encontros entre os toldos de feira, e nos debates entre os bancos de cimento do Senadinho, a praça central de Alta Vista do Redondo.

De fato, quando a fundação demarcou na paisagem rural os limites da construção e ficou claro que não seria lá grandes coisas em relação ao tamanho, houve certo desapontamento geral, logo esquecido, quando as primeiras levas de material foram chegando. Se por um lado estava posto que o templo não seria um portento, por outro era perceptível que o pregador e seus obreiros não estavam preocupados em economizar o dinheiro dos seus investidores no recheio. Os investidores? Os fiéis de todas as classes sociais em suas contribuições generosas na proporção de suas posses e que nem sabiam onde ficava Alta Vista do Redondo e menos ainda o Saco do Tapuio, só lhes importando mesmo que aquilo a que chamavam de A Palavra da Grande Obra fosse polinizado. E, conforme a Doutrina Santa, Jesus e seu Pai gostavam do belo, e do bom e do melhor, enquanto ao rebanho era dignificante levar uma vida sem adornos, suportando mesmo as privações, uma vida estoica. De modo que, como em todos os outros templos da Congregação, não se pouparam recursos na construção e nem nos ornamentos, até que a obra foi erguida conforme os planos, em tudo destoando da paisagem agreste de Saco do Tapuio. E a mão de obra e a matéria-prima foram chegando de longe, madeira de lei para os bancos, mármore do mais alvo para o púlpito, cerâmica com arabescos para o piso, tudo de empresas devidamente certificadas pelos anciãos, uma conquista que demorara décadas mas da qual todos os fiéis muito se orgulhavam.

Assim, a pequena construção se elevava como um luxo em meio àquele cenário, uma perolazinha reluzente, coisa que, de fato, ninguém nunca tinha visto por ali. Mas isso não figurava uma exceção. Todos os templos da Congregação seguiam sempre especificações rigorosas sobre sua construção, critérios estabelecidos no Princípio de Abel, parte dos preceitos que haviam sido revelados ao fundador e primeiro Pai Seráfico da Igreja, Darryl Gutierrez, um chicano de Amarillo, que vivera uma experiência mística durante o grande tornado de 1949 na ponta de cima do continente.

Gutierrez nascera durante a catástrofe estadunidense que ficou conhecida como Dust Bowl. Sem conhecimento técnico e manejo agroecológico do solo das pradarias, os caubóis expulsaram os búfalos e pequenos roedores e encheram as Grandes Planícies de milhares de cabeças de gado, o gado vacum, que em sua paciente voracidade foi ao longo do tempo mastigando, ruminando e dizimando a vegetação rasteira que havia milhares de anos mantinha o chão agarrado ao seu lugar. Depois dos pecuaristas, vieram os agricultores, aquele tipo de formigas-de-fogo espalhando seus silos, celeiros e venenos para suportar a colheita de grandes extensões de cultura de trigo, cevada e milho.

Na estiagem de 1931, o desastre começou e se fez sentir em apocalípticas tempestades de areia que em filmagens da época, hoje disponíveis na internet, e depois compiladas num documentário, são ainda capazes de meter medo. Steinbeck fala de sóis vermelhos como sangue fresco e em rolos cerrados de poeira, que depois do primeiro ímpeto permaneciam librinando constantemente da peneira do firmamento. O mundo virado pelo avesso, a terra no lugar do céu, o céu se descosturando de suas bases. Gutierrez foi, desse modo, dos filhos mais velhos da Grande Depressão, nascido do pó e do pó constituído, feito de poeira ao mesmo tempo densa e impalpável e de leite azedo, o que em determinado momento de sua vida lhe pareceu afinal garantir um parentesco adâmico mais próximo do que qualquer outro filho de Deus.

O rapaz não tinha mais que dezoito anos quando o grande tornado atingiu Amarillo a partir do sul da cidade. O turbilhão tocara o chão pela primeira vez perto do restaurante Country Pride, explodindo a construção como um saco de papel estoura depois de ser inflado e batido por duas mãos, uma contra a outra. Pipocas para todos os lados. Seu pai gritara, venham ver isso!, e ele e o irmão caçula correram para a porta a tempo de ver uma nuvem tremenda e verde se aproximando em velocidade inimaginável, leoas atravessando as savanas disparando o estouro dos gnus, e logo o rapaz escutou um barulho medonho, que julgou ser a garganta do inferno se mexendo em suas bases, as articulações em atrito se movimentando para a grande abertura. Uma boca gigantesca e seus dentes de penhascos e seu hálito quente e podre. Vinte anos depois, já afastado da Igreja Batista, que fora a Igreja de seus pais, avós e bisavós, durante a inauguração do primeiro templo da Congregação dos Justos em Oração contaria aos neófitos a experiência que tivera naquela longínqua noite.

Então eu olhei para baixo e sob os meus pés um demônio gigantesco estendeu sua língua e senti que iria me sorver, assim como tudo ao meu redor. Pedi ao Pai que está no alto que me protegesse e zelasse por mim naquela grande agonia. Mas eu era pequeno e fraco e sentia que não resistiria àquela grande provação. Meu corpo era agitado por aquela força tamanha e eu me via atravessando a escuridão do vale da sombra da morte. Quando eu estava prestes a sucumbir e todo o meu corpo começava a colapsar, outra força, muito mais irresistível, puxou o meu olhar para o alto e pude ver o Grande e Incomparável Olho de Deus abrindo sua pupila diante de mim. E era uma visão ao mesmo tempo magnífica e terrível. O céu estava límpido de uma maneira que me parecia impossível, e as estrelas que estavam distantes se aproximaram e ficaram dançando primeiro em torno do sol, depois em torno do cosmos e por último e para sempre em torno do Grande Olho de Deus. Nesse momento, de dentro da pupila cristalina e translúcida do Pai, saiu Nosso Senhor Jesus Cristo, impávido sobre seu garanhão branco, e ele era o cordeiro entre os cordeiros, e suas botas rebrilhavam, e trazia uma corda em sua mão direita e uma tocha em sua mão esquerda, o seu rosto relampeava e, embora jovem, seus cabelos eram mais alvos do que o primeiro leite da manhã. E eu vi que ele era belo e bom. Era o Cristo Exaltado que, todo iluminado, me laçou e me resgatou como se eu fosse o seu novilho perdido. E então fui levado até ele, que me disse com sua voz celestial que eu estava destinado a ser um farol no caminho dos justos e que no tempo correto me seriam reveladas as bases para a religião que morava em seu coração desde o princípio dos tempos. A religião verdadeira que eu vi jorrar como um manancial do seu sagrado coração. E disse Jesus, A partir dessas revelações não serás mais conhecido como Darryl Gutierrez, e a partir desse dia abandonarás teu nome e serás conhecido como Beltessazar. E eu, como João na ilha de Patmos, apenas dobrei meus joelhos, pendi a cabeça e acatei ao chamado, e por isso estou aqui, reunido com vocês, irmãos e irmãs, para fazer valer a vontade do Senhor e honrar a minha missão. Deus é bom, bom o tempo todo.

Essas palavras de Darryl Gutierrez, tornado por graça divina ou cataclísmica no Profeta Beltessazar, são fartamente replicadas na revista mensal *Vigiai*, e em outras publicações da Congregação, panfletos, revistas em quadrinhos, catecismos e mesmo nas quartas capas dos hinários, além, é claro, de sua página na Wikipédia. Tal testemunho tem o mesmo valor, para seus fiéis, que qualquer texto das Antigas Escrituras. O que não se conta, no entanto, é que depois da passagem do tornado Darryl Gutierrez foi encontrado pela mãe, cagado e trêmulo, nos escombros do que antes fora a sua casa. Ele estava desorientado e por muitas horas pensou que havia morrido e acordado no paraíso. Durante semanas ficara sobressaltado, primeiro choroso e por fim recolhido em grande silêncio. Sua família tivera sorte, diferentemente dos seus vizinhos, os Gibson, que morreram todos, pai, mãe grávida, as duas crianças e mesmo Ted, o basset hound da família, ao serem atingidos por uma colheitadeira quando corriam para se proteger no abrigo. Nos dias seguintes, os jornais contabilizavam os danos.

"A cidade lambe suas feridas", dizia uma das manchetes.

De fato, metade da cidade fora destruída completamente, o tornado atingira o pátio de trens, levando os vagões pelos ares, arruinando quarenta e cinco aeronaves no aeroporto de Tradewind, saltando sobre a arena de rodeios como se fora mesmo um touro bravio e fustigando sem piedade os bairros ao sul da 36ª Avenida, levando consigo uma destruição desmedida.

Entre as outras revelações que Gutierrez afirmou ter recebido já em meados da década de 1960, a maior parte delas acerca dos costumes, vestuário e moralidades, estavam as regras para a construção de templos de pequeno, médio e grande porte constantes do documento conhecido como Princípio de Abel. O homem mantinha mistério sobre grande parte de sua vida de jovem adulto, uma vida como que obscura, misteriosa, como a de Jesus antes de aparecer pregando na Galileia. O que importava era que, além da certificação de origem dos materiais e das plantas arquitetônicas comuns, havia a orientação de nunca utilizar mão de obra local, para que os vícios das gentes do lugar não impregnassem a memória da edificação. Havia também a indicação de que sobre o altar dos templos maiores deveria haver uma Arca da Aliança replicando em tudo as orientações bíblicas do Antigo Testamento.

Uma caixa feita de madeira de acácia, com dois côvados e meio de comprimento por um côvado e meio de altura e largura, forrada de ouro por dentro e por fora, com bordadura de ouro ao seu redor.

Nos demais templos, haveria apenas a caixa de madeira, forrada de veludo púrpura por dentro e com a gravação a ouro da frase em aramaico *Esta é a Arca da Aliança* por fora. Essas coisas se estabeleceram gradualmente, à medida do crescimento da Congregação, sendo conquistadas graças aos dízimos, doações e presentes que a Igreja amealhara ao longo do tempo pela graça do Senhor. E também com as alianças feitas com os representantes dos homens e seus lugares--tenentes. Deus, ou quem quer que tenha falado com Gutierrez nessas revelações, não deixara também de adverti-lo da necessidade de conquistar legisladores e seus auxiliares diretos.

E era diante do que lhe parecia uma beleza inaudita e, seguramente, um milagre, embora não tenha utilizado em voz alta essa palavra, que Lourença repetia ora para si mesma ora para as vizinhas, Vejam que riqueza esta beleza toda! Deus só pode se alegrar com uma coisa tão fina como essa! Enquanto isso, porém, à boca miúda, o povo de Alta Vista do Redondo se ressentia de que aquele esplendor fosse oferecido gratuitamente à gente do mato.

QUINTO E O PREGADOR

O prefeito de Alta Vista não escondia a contrariedade pelo fato de o templo da Congregação ser construído na zona rural. Os padres da cidade, acompanhados de uma recomendação do bispo, o procuraram na esperança de impedir que os planos dos rivais avançassem em Tapuio, mas o prefeito, embora irritado, menos com a construção e mais com a localização, não possuía meios legais de obstruir o projeto. Tampouco queria isso, na verdade. O terreno fora comprado e registrado conforme a lei, explicara aos requerentes. Além do mais sua ideia não era criar animosidade, mas aliciar, conquistar. Ao pároco da matriz, porém, não importavam os meios, apenas queria enxotar os bodes do distrito, como dizia, e na impossibilidade de varrê-los para fora do que considerava seu território, que fosse dos males o menor, se instalado na cidade, o novo templo seria combatido com mais vigor e os inimigos vigiados mais de perto.

Ademais, meus irmãos, se esse templo for impedido de ser erigido onde os crentes querem, eles podem ver quem é que ainda manda por aqui, disse sem pejo que lhe refreasse a língua.

O padre estava acostumado aos negócios da política assim como aos tratos entre homens e deuses. Mas um templo evangélico no Saco do Tapuio? Ah, isso não! Não mesmo! Lá, o estorvo seria maior, e era uma questão de geopolítica. Não dava para pastorar a zona rural tão de perto, e a chegada dos evangélicos, dispostos a investir no lugar, poderia até minar o pacto que a comunidade tinha com a verdadeira Igreja Católica Apostólica Romana. Em reunião na diocese, conseguira um auxiliar para que pudesse estar mais próximo das comunidades, mas sentia no íntimo do seu coração que o estrago já havia sido feito. Não havia rebanho totalmente fiel, ele sempre soube. O povo besta, pronto a cair na lábia de qualquer um. E no Tapuio, Lourença Sacristã, aquela estatuazinha de murta, fora a primeira a debandar, abrigando de pronto, junto ao peito, aquelas serpentes, recebendo-as em sua casa e se bandeando, sem pudor algum, para os lados do Inimigo. Aquela doida!

Veja bem, prefeito, como o povo se engana com tranqueiras, com a conversinha mole de qualquer pilantra. Esses crentes chegam muito falantes, enfiados em ternos, a gravata apertando o gogó, o cabelo na risca do pente. Mas só de olhar para os pés a gente já sabe do que se trata. Antes de falar em Deus, falam no dízimo, antes de falar no Cristo, falam no diabo.

Já viu como o diabo não sai da boca dessa gente? Não têm caridade, só interesse. Caixeiros-viajantes.

O prefeito escutou tudo entre interjeições e rosnados, mas garantiu que, se havia alguém capaz de mudar a opinião do pregador a respeito da construção, esse alguém era ele. Tinha em alta conta a própria capacidade de negociação, e dizia a si mesmo que tinha não apenas a lábia, mas sobretudo oportunidades irrecusáveis a oferecer em troca. Era também um homem de negócios e pensava em abordagens diferentes daquelas que a comitiva propunha. Foi assim que dias depois recebeu o pregador para uma conversa no gabinete. José de Afonso e Mello Brites, que ganhara a eleição sob o codinome de Quinto, justamente por ser o quinto membro da família Mello Brites a ocupar aquele cargo do Executivo, era um homem baixo, avermelhado e dos cabelos cor de fogo. Sua presença atarracada ao lado da figura esguia e de um branco que figurava quase que transparente como a do pregador, como que diminuía e achatava. Pigarreou.

O senhor é, com certeza, um homem muito entendido das coisas de Deus, o prefeito disse entre um e outro gole de café, a voz flutuante se querendo sedutora. Mas do povo daqui, pastor, entendo melhor do que ninguém, o senhor há de convir. Sou nascido e criado entre essas serras e acredite quando digo que não é um bom negócio abrir a sua igreja, que todo mundo está dizendo que vai ser muito aprumadinha, lá no Tapuio. O senhor sabe que, conversando com quem entende, gente de muita confiança, mas de confiança mesmo, consegue até fazer, se o senhor quiser, um templo mais modesto, simples como o povo de lá, e eu posso até colaborar com esse seu projeto. E se o senhor constrói um templo assim, o povo do Tapuio vai se sentir mais à vontade, sem medo de estar entrando na casa do patrão pela porta da frente, sabe como é? É tudo gente trabalhadora, pastor, gente tola, muito retraída. E o senhor faz outro templo melhor aqui na cidade, com aquele material bonito que eu soube que chegou. No fim de tudo, economiza um dinheirão e mata dois coelhos de uma vez. Pelo preço de um, leva dois. E pra isso pode contar que, em Alta Vista, tanto o senhor como a sua Congregação podem ter todas as facilidades que merecem. Como eu já disse, eu mesmo posso ajustar muitas coisas. É só marcar uma reunião com o secretário de Obras e com o secretário de Planejamento, material é que não falta para isso, e é só fazer um ajustezinho ali, alguns pagamentos, coisa pouca, que o senhor recupera fácil nos dízimos, e daí a gente se entende. E o senhor fará o milagre da multiplicação dos templos. Já pensou nisso? Os seus superiores vão ficar felizes, não vão? Todo mundo sai ganhando, o senhor, seus chefes, seu rebanho, Tapuio, Alta Vista. Já parou pra pensar numa coisa dessas? Imagino que sim. Quantos templos o senhor já não abriu nesse mundo de meu Deus? Mas se por acaso o senhor não pensou, que pense. É um bom negócio. Ou melhor, um negócio excelente.

    O pregador ouviu a tudo impassível. Seu rosto, uma máscara de cera. Obviamente queria ajustar negócios com o prefeito, mas em outros termos. Não os dele, os seus. E, quando o prefeito tomou um fôlego maior e ia continuar com a conversa, o homem, com gestos ensaiados, metódicos, afastou a xícara, levantou-se da cadeira e, num átimo, contornou a mesa que os separava, aproximando-se de Quinto que, assustado, levantou num pulo. O pregador, então, estendeu a mão esquerda sobre o ombro do homem e encostou a palma da mão direita com energia na testa suada dele. Tomado pelo susto do gesto imprevisto, o homem sentiu como se o peso de uma bigorna o afundasse no chão, um chão que, por sua vez, reagia em igual intensidade levando-o a se sentir comprimido. Aquilo, sem dúvida, era algo que fugia ao roteiro, e, sem poder se recompor diante das duas forças, dobrou os joelhos. Só quando isso aconteceu é que conseguiu retornar a si mesmo e, depois de alguns minutos, se reerguer. Confuso, apenas percebeu que o pregador já estava de saída ao ouvir o homem dizer, Jesus nos dá a missão, nós a cumprimos.

Quinto permaneceu perturbado por vários dias, nunca fora um homem religioso, mas a sensação de que havia cometido uma falta indesculpável ao falar naqueles termos ao pastor o rondava, insistente, o que não deixava de ser espantoso. Deus, como tudo em sua vida, uma commodity, de negociabilidade certa, e assim é que sempre havia sido. Agora aquilo, aquele sentimento estranho que o fazia se sentir tocado por algo que não sabia explicar. Tentava minimizar para si mesmo o efeito que aquele homem e seu gesto lhe causaram, mas, depois de dividir com a mulher a angústia que o embaraçava, chegou à conclusão de que aquele pastor era um homem verdadeiramente de Deus, e que, tão logo o templo fosse edificado, ele mesmo iria se abalar pela estrada de terra que dava para o distrito de Tapuio para ser testemunha da palavra do pregador. Aos padres disse apenas que sua consciência de homem público, um funcionário do povo, não permitiria que se intrometesse em assuntos de igrejas, religiões, padres, pastores, ou o que fosse.

Afinal, esse é um país laico, os senhores me entendam e não me levem a mal.

E no domingo seguinte não compareceu à missa na matriz de Nossa Senhora do Patrocínio. Em poucos meses, Quinto passou a participar ativamente da Congregação representando a Liga Regional dos Políticos do Amanhã, um dos braços dos Justos de Cristo. E consigo levou não apenas o irmão, deputado bem votado da região, como vereadores, amigos próximos e correligionários. E em algum tempo Alta Vista teria o templo que ele, Quinto, havia planejado.

TAPUIO

Tapuio crescera em torno de Alta Vista do Redondo, cidade que ganhara influência com a chegada da estrada de ferro nos primeiros anos do século xx, o trem e suas traquitanas invadindo a paisagem com promessas de um progresso sem custos, como se isso fosse possível, como se o progresso, ou o que quer que a expressão significasse àquela altura, pudesse ser por si uma panaceia para o que se consideravam males: o mato, o barro, a ausência de signos considerados civilizatórios. Se antes Alta Vista não passava de um arruado de mascates, com o trem chegava a possibilidade de se comunicar com maior rapidez com tudo o que ficava para além dos limites da serra do Redondo, além de escoar a produção de algodão, que crescia em volume depois da chegada dos primeiros descaroçadores. O algodão sustentando havia muito a economia da cidade e as finanças das famílias tradicionais, enquanto os pobres se arriscavam na colheita da taboa e nos roçadinhos de milho e feijão, para escapar uns trocados do trabalho meeiro. O desenvolvimento, aquela palavra tão dura quanto impalpável, chegando para continuar mantendo cada um no seu cada qual, cada qual no lugar a que pertencia.

E embora fosse um território lambuzado por cores e tonalidades variadas, acentos e ritmos distintos, todos eles se misturando na mesma paleta sem pedir licença ou atestado, Alta Vista se acreditava tão alva quanto as felpas de algodão que explodiam em flor nos roçados da zona rural. De fato, no volume de seiscentas e dez páginas de *Reminiscências de Alta Vista do Redondo: História, tradições e genealogias*, o autor, um certo Rodrigo Simões de Sá e Mello, resumiria o passado indígena e negro em duas notas.

Vivia há muitos anos no rebordo meridional do Rastro da Pintada, uma muito antiga tribo de guerreiros cariris dos quais não há quaisquer remanescentes na atualidade. Dizimados pela fragilidade inerente aos seus organismos ao contato civilizatório ou talvez emigrados para outras regiões, das quais não se têm notícias, o fato é que não existem índios nos arredores de Alta Vista do Redondo. [p. 78]

Como praticamente não houve escravidão digna de nota nos anais de Alta Vista do Redondo, os negros sempre foram poucos nessa região. [p. 453]

O livro, publicado pela primeira vez em 1965, com duas reedições subsequentes patrocinadas pelo Instituto Histórico Nacional e pela Secretaria de Educação Municipal, se tornou uma espécie de livro sagrado entre as famílias mais abastadas da cidade e nas escolas e repartições do município. E assim, mas não apenas por força das letras ali impressas, mas por elas referendadas, ficou que, na memória da cidade, os povos indígenas não eram sequer reconhecidos nos traços marcantes da tonalidade da pele, ou como marco nos topônimos de localidades como o próprio Tapuio, o Mororó e o Matão do Cariri, e se posto estava que nunca houvera, afinal, nem escravatura, os negros do Sítio Jenipapo não deveriam constar daquela história, porque estavam nas abas da serra, sim, muito longe de tudo, e não se sabia sequer como apareceram ali e, gente arisca, não queriam saber de amizades com ninguém. E que o povo da Pintada, gente braba e preguiçosa, deu dessa moda de querer ser índio um dia desses, decerto para se encostar nos benefícios do governo. Fato é que a primeira nota, tida convenientemente como incontestável, atrasou o processo de demarcação das terras pertencentes aos Cariri da Pintada e ainda foi usada como peça no processo em desfavor dos requerentes.

Já do passado escravagista, quem queria saber de senzala? As terras do Grande Quilombo, na fronteira, foram o butim dos vencedores, conforme a ética de todas as guerras. Propriedade quilombola! Mas que conversa sem cabimento! Nada havia além dos atravessamentos, uma remela na história dos fundadores e dos brasões que traziam de um longínquo além-mar: dona Constância de Brites com apenas duas escravas de dentro, o coronel Joaquim Severiano de Mello com pouquíssimos escravos de sua propriedade. Uma gente rala, diziam os entendidos e leitores do calhamaço escrito por Sá e Mello. Então, se era assim, para que constar nos anais? Por que seriam mais importantes que a fundação do Clube Aristocratas do Redondo ou mesmo do seu Baile de Máscaras? Já as marcas materiais e imateriais da História, como os instrumentos de tortura, bem poderiam ser queimados, soterrados e até exibidos, que seja, em salas de estar como insólitas peças de decoração. Mas levar isso em conta como nação de índio, terra de preto, hoje em dia? Ah, isso não! Que besteira!

Quando o pregador e os obreiros chegaram no Tapuio com o projeto inadiável de erigir o seu templo, sabiam que encontrariam resistências de toda ordem tanto ali, entre a gente do mato, como na cidade. Já estavam mesmo acostumados com elas. Segundo os ensinamentos de Beltessazar, o Profeta, a missão da Congregação era em tudo similar à dos antigos cristãos nas catacumbas. O centro não cai se a periferia não for conquistada, de modo que os pequenos templos da Igreja sempre foram estrategicamente construídos antes nas zonas rurais, nas favelas, nos distritos desassistidos, nas beiras e miolos das florestas, nas cidadezinhas tristes, nas vizinhanças das penitenciárias. Esse sempre fora o primeiro passo, dado antes que os grandes templos passassem a ocupar os endereços mais caros. E o pregador, um dos melhores oradores de sua turma, dos mais carismáticos e persuasivos, sabia prometer e conquistar como ninguém. Do nome escrito no Livro da Vida ao maná escondido da prosperidade, Deus responde àquele que se doa com saúde restabelecida, roça farta, segurança, e autoridade contra o mal, ensinava. Deus vence a pobreza, a doença, a morte, a fome, os vícios. Deus retira aquele que vaga no pântano da perdição e restaura sua vida, vence a amarração, esmaga a posse demoníaca aqui e agora.

Hoje você anda em qualquer cidade dessas do litoral ou do interior e nas avenidas que se fundem às rodovias, todas elas sempre muito feias, com borracharias sujas, mercadinhos obscuros e lojas que vendem boias coloridas penduradas nas fachadas, golfinhos azuis, orcas sorridentes, flamingos cor-de-rosa-flamingo, letreiros chamativos que dizem coisas como Retífica Dois Cunhados ou O Bonzão da Alimentação, e vê gente de pés e sapatos encardidos de poeira ou de fuligem atravessando a estrada de um lado para outro, se arriscando entre o zunir dos carros, para chegar a algum dos inumeráveis templos que ostentam nomes que ora remetem a um distante passado na Judeia ora a uma não menos distante glória paradisíaca que nada tem a ver com as praias lotadas no lado mais bonito da cidade, ou ainda nomes que talvez soem poéticos ou estranhos como Igreja do Perfume de Jesus, Templo dos Íntimos de Cristo, Cruzada Evangélica Pastor Valdevino Coelho — a Sumidade, Igreja Abastecedora da Água Abençoada, Igreja Batista Incêndio Abençoado, Igreja Automotiva do Fogo Sagrado, Igreja Quadrangular a Terra é Redonda, e você vê essas igrejas e talvez desconheça que todas elas replicam hoje os métodos havia muito compilados pelo Profeta Beltessazar ou pelos conselhos de anciãos da Congregação dos Justos em Oração que, em seus encontros anuais, a portas fechadas, naquela mesma Amarillo, reúne todos os anos justos de várias partes dos Estados Unidos, da América Latina e mesmo da África e Rússia, e que podem ser resumidos no que diz o hino mais representativo daquela que é tida como a religião verdadeira do sagrado coração de Jesus.

Ide em missão a todos os lugares esquecidos
Ide em missão ao mundo que nos foi confiado
Ide em missão, oh, justo de Deus!
Como os primeiros cristãos
Ide às catacumbas
É lá que Jesus espera por nós.

A verdade é que em Alta Vista ou no Tapuio, e mesmo nos outros distritos, Quinto e o pregador não deixariam mais de estar juntos, comensais do sagrado e mesmo das paisagens que circundam o templo, convertendo comerciantes, professoras, empregadas domésticas, artistas, outros políticos, todas as gentes misturadas no mesmo rebanho, que a cada dia se tornaria maior e mais gordo.

OUTRA CENA

O pregador e os obreiros chegaram ao Redondo na época das chuvas, vinham de outra empreitada os três, e de outra empreitada a verdade é que vinham sempre. O pregador subira todos os degraus da escada de Jacó que estavam ao alcance dos seus passos, já fora auxiliar geral, dirigente de ponto de pregação, missionário, evangelista, obreiro, diácono e copregador. Já os justos que o acompanhavam eram experientes na abertura de templos pelo interior do país e mesmo na Colômbia, na Argentina e no Peru.

Chegar durante a invernada, embora parecesse pouco providencial à primeira vista, significava de fato que, entre o estudo e a escolha do terreno, os trâmites legais da compra e os inícios da fundação do prédio, haveria tempo hábil para que se colocassem em missão evangelizadora, indo quase sempre em trio, pouquíssimas vezes em dupla, de casa em casa, sob chuva e com os pés enfiados na lama a falar sobre a vontade do Senhor com mais afinco para aquele que escolhiam como recrutador. Segura na mão de Deus e vai!, cantavam no final de cada encontro. E nisso eram muito bem acolhidos dentro da maioria das casas, um cafezinho, pastor, e uma broa, uma bolacha, já que ninguém seria capaz de despachá-los debaixo do temporal, ainda mais vindo como vinham: em nome do Senhor Jesus. De início foram recebidos com alguma desconfiança, uma resistência maior do que aquela com a qual já estavam acostumados, mas logo entenderam o motivo, não havia muito tempo uma misteriosa desova acontecera na região.

Gregório de Gumercindo acordara por volta das quatro e meia da manhã, vestira o capote, e mal o dia raiara se pusera a marchar pelo caminho do Poço da Guiné em direção ao povoado de Bredos. Ia vender dois de seus bodes na feira e depois meter com gosto a vergalha no rabo de Ibirajara, aquele rabo redondo que parecia mesmo uma bunda de fêmea. Certo que Ibirajara era mais que isso para Gregório, mais do que ele gostaria de admitir, e Gregório gostava do porte empertigado dele, jeito de quem tinha modos, educação, tão diferentes dos seus, tão brutos, e que ao mesmo tempo se fazia valente, não aguentando desacato de ninguém, tão macho e tão fêmea, feroz e macio de todo jeito. Gregório, mal se aguentando na expectativa do encontro, já se via na penumbra do quarto mais ventilado da Hospedaria Gloriosa, que pertencera à mãe do amante. As primeiras chuvas deixavam a terra vermelha gomosa, quase uma cola, dificultando o passo. No entanto, o homem tinha certeza de que não choveria tão cedo novamente e um sol sem tutano parecia dissipar as nuvens da madrugada. Quando viu, primeiro, ao longe, os urubus voejando, e logo depois da curva, a revelação dos dois corpos na estrada, sentiu o sangue fugir do rosto e dos braços e pernas. Era um homem rude, mas não tinha estômago para certos estragos.

Os cadáveres das moças jogados um sobre o outro numa vala à beira da estrada contavam uma história terrível da qual ele não podia saber senão o fim. Ambas de bruços, tão brancas, as roupas demonstrando que não eram das redondezas, o short jeans de uma delas, tão curto que deixava à mostra a polpa da bunda, os cabelos da outra escorrendo negros como uma cascata, uma correntinha banhada a ouro no tornozelo de uma, o anel transparente no dedo estraçalhado da outra, as marcas de tiro, o sangue coagulado. As duas jogadas fora, como sacos de lixo.

Gregório se tornava, assim, a primeira testemunha, à qual se juntaram outras em pouquíssimo tempo, as pessoas que, como ele, saíam de casa madrugando para a feira com suas trempes, troços, cestas apoiadas nas rodilhas entre o céu e a cabeça, verduras, galinhas, os trocados nos bolsos. E logo se formou o ajuntamento, porque notícia ruim corre com cem mil pés e se espalha por um sem-número de línguas que se multiplicam. E logo umas mãos piedosas ajeitaram e cobriram as falecidas com uma lona improvisada de mortalha, isso enquanto a polícia não chegava, que é sempre essa a demora de se morar longe do mundo inteiro, tudo tarda e se atrasa, as emergências que esperem, o socorro que aguarde, as diligências em pausa, e nessa demora foram tratando de velá-las ali mesmo, primeiro tangendo as aves de rapina, espanando os insetos, a natureza que dá à morte uma destinação ligeira, tão logo ela aconteça. Sem nomes, as defuntas, no fim de tudo, foram enterradas dias depois como indigentes no Cemitério Municipal, como se seus pés nunca tivessem deixado rastro no chão, como se tivessem sido paridas daquele modo, naquela cena das próprias mortes, a terra as cuspindo na paisagem, torturadas, como sementes que sem nenhum futuro pudessem ter sido rejeitadas. Um mistério.

Quando o pregador e seus obreiros começaram a visitar o Tapuio, esse fato era de recente memória e ainda estava praticamente fresca a tinta das capelinhas na beira da estrada, com uma cruz dupla de quatro braços, tal como elas foram encontradas, como se o signo repetisse os objetos de sua própria essência, marcando o local. Mas, ainda que desconhecidas as causas, as feridas de morte que as marcaram acabaram por infeccionar as gentes que, assombradas com a crueza daquele acontecimento e com os enigmas que cercavam a insólita aparição, como se toda morte não fosse afinal aquilo que é, se agarraram em rezas e novenas como um tipo de antídoto ao medo. As missas que o padre rezava vez ou outra no Saco do Tapuio, no Mororó e nos Bredos não pareciam suficientes para aplacar o desassossego. Havia a sensação geral de que um grande mal estava prestes a levantar, tomar corpo e engolir a todos num sorvedouro. De modo que forasteiros a princípio foram olhados e recebidos de revés, fossem quem fossem. Mas não demoraria muito para que o assassinato das mulheres se tornasse pauta de pregação, e o tom acusatório sobre as vítimas desconhecidas trouxe uma espécie de sossego, como se o que lhes acontecera fosse uma doença para a qual houvesse uma imunização traduzida em expressões como "caminho reto", "a verdade e a vida" e "a palavra do Senhor".

São as ovelhas tresmalhadas que alimentam o lobo, o pregador advertira. E a vereda do justo é plana, lembrem bem!

Sim, o padre prevenira várias vezes que a mulher insensata derruba sua casa, e o próprio corpo, que é o seu templo, mas, agora, a palavra do pregador parecia delinear com contorno mais nítido aquela verdade e com ela a culpa da vítima. Sim, claro!, quem se coloca na trilha do mal, quem não se resguarda da tentação do outro, comunga da culpa. Não há razão em quem se coloca em risco pela luxúria, a alegria desse mundo.

Lamentamos a desgraça e a morte, mas a vítima não tem sempre razão. Vejam! Moças de família, da Igreja, nunca estariam em lugar tão ermo com quem quer que fosse, ele dizia. O que aquelas mulheres faziam ali? Por que não estavam em casa? Ou no culto? Vigiai vossas filhas e netas e sobrinhas, vigiai vossas mulheres, vigiai uns aos outros. E não deixem de orar para que o mal não toque nem a elas nem a vós. Vigiai, vigiai e orai, dissera o pregador ainda numa das primeiras rodas de conversa, antes mesmo de começarem os trabalhos no templo.

A perita
PRIMEIRO DIA

A alça da máquina fotográfica pende suave pelo seu torso. A máquina é um animal à espreita, é o que gosta de pensar. Logo o seu grande olho abre e fecha, e então a pálpebra de metal e plástico e vidro se movimentará, seus ruídos, seu grunhido de ciclope. Por trás da máquina, seus olhos são outros dois animais rasgando a paisagem, completando o que o mecanismo flagra imperfeitamente, o rosto moreno da mulher a ser fotografada, primeiro de frente, depois o perfil direito, agora o outro lado, também de costas, por favor, senhora, levante um pouco a placa, seus vincos, a opacidade que a reveste inteira como uma cera, é dor ou alheamento aquilo que percebe no vago das pupilas?

Aconteceu há algumas horas e já é passado. E o passado não acaba nunca, ele se estende, se espicha, elástico, prende as pessoas em seus chicletes. Não sabemos nunca o que é o presente. Só o passado existe e permanece. Ou nada disso, o tempo, a passagem do tempo, uma algaravia.

***

Então, Pedro, agora eu penso que ela, esta mulher, é o retrato mais fiel de Alta Vista do Redondo. E eu a odeio e ao mesmo tempo sinto uma imensa pena dela. Ou não sinto. Talvez apenas eu queira sentir. Duvido dos meus sentimentos nesse caso e na verdade nem deveria pensar sobre isso nesse momento.

A mulher sabe, confirma que agora está de fato com os dois pés atolados dentro da cidade. Sentimento que lhe parece mais nítido nesse instante do que há cerca de seis meses quando voltou e começou, de fato, aquele trabalho. Os cadáveres das moças abandonados a meio caminho entre o Tapuio e o Poço da Guiné. Na mochila, o caderno de anotações, o mesmo que agora repousa na mesa ao lado, a máquina fotográfica, canetas, rolos de filme, a carteira, a garrafa de água, o boné, a capa de chuva, o jaleco, a caixa de luvas, sacos plásticos de vários tamanhos, as chaves de casa, o celular. Ela se sente uma tartaruga pesada com o casco denso e incrustado por eras e eras. Escreve a lista de coisas num canto de página, como se o gesto seja suficiente para fazê-la aderir ao momento que vive, ao mesmo tempo, enumerar tantas coisas dá outra perspectiva à inutilidade de tudo.

Foi preciso, como sempre, afastar a plateia, isolar a cena, como de praxe, nem reclamar porque mexeram nos cadáveres, e o que adiantaria, afinal? Só retirar a lona que servia de mortalha, desvelando as vítimas, e fazer tudo o mais rápido possível para que pudessem ser retiradas dali sem mais demoras. E ver, ou tentar ver, o que ninguém ainda vira: como as plantas, as pedras, os galhos e até o chão tinham algo a lhe dizer, o caminho do metal atravessando os corpos, como bichos que cavam seus caminhos subterraneamente, e como os insetos, mesmo em tão pouco tempo entre as mortes e a descoberta dos corpos, podiam testemunhar algo sobre o episódio que ali se desenrolara. As lições da academia tiveram mesmo alguma serventia. E, claro, as marcas das pessoas. Como aquele homem, Gregório, a primeira testemunha, e todos os outros que depois dele borraram o desenho da cena, contaminando-a com seus sustos e boas intenções, inadvertidamente. E para além do que iria para o laudo, na sintaxe mecanicista e formal, mais uma vez ela vislumbraria as duas jovens antes do evento trágico que as reunia a todas, ali, as mortas e a viva, daquele modo.

Então, as enxergo novamente de pé, uma delas rindo alto, a outra afastando o cabelo dos olhos, a mão esquerda com um cigarro manchado de batom, ambas correndo felizes, saltitando, eu diria, em direção ao seu destino, resguardando a ingenuidade que só pode ter quem vai morrer e não sabe. Não passam de meninas.

Ela acredita que o seu método de trabalho não guarda diferença da organização de qualquer quebra-cabeça: primeiro observa, depois separa as peças e na sequência se dirige às bordas, perguntando o que terá acontecido naquele local, iluminando mentalmente cada centímetro da cena, procurando a peça faltante, ora pelo desenho, ora pela cor, ora pelo encaixe. Um lugar-comum entre peritos e investigadores de polícia. Como quando ganhou aquele quebra-cabeça de mil e quinhentas peças com a paisagem de algum recanto suíço ou sueco, nunca vai lembrar, e Pedro desistiu de lhe ajudar, gargalhando daquela obsessão. E assim é que é, ela continua montando e remontando, agrupando e reagrupando, questionando cada detalhe, e vai mergulhando ou afundando no ofício.

Pedro, eu não desisto, você sabe. As coisas precisam fazer sentido. Imagine que o quebra-cabeça é o caos do mundo ao redor, e se eu não organizo, se eu desisto, tudo se perde, e eu me perco também.

O mais difícil, contudo, será sempre escrever o laudo. E sempre que se põe diante do papel vislumbra a imagem de Pedro balançando a cabeça e dizendo que não acredita. Mas é verdade. E é especialmente complicado não por falta de elementos ou de vocabulário, mas pela aridez dos significantes que nunca darão conta daquilo que de fato se consegue enxergar. A sua mente vagueia por lugares intraduzíveis, num momento lembra da faculdade de jornalismo que largou na metade; depois, do sonho de ser escritora, e de como, com o passar do tempo, foi se contentando com pouco. Os sentimentos e as memórias sempre se embaralham, no entanto de algum modo o caderno vai suportando signos, sinais, frases, desenhos que, não saltando nunca dali para os pareceres, têm o poder de acalmá-la um tanto diante da imprecisão. Como a carta absurda e interminável que escreve para Pedro, carta ou diário ou diálogo mental, não sabe bem, algo que a ajuda a lidar com o abismo de sua própria vida. De todo modo, Pedro sempre soube que, mesmo que ela não trabalhasse com perícia, cadernos como este se acumulariam nas estantes como rolos indizíveis de pergaminhos de uma civilização estranha.

A perita
ANTES

O retorno da mulher a Alta Vista do Redondo fora melancólico. A cidade crescera o suficiente para ter sua própria perita criminal sem precisar recorrer a um profissional deslocado da capital para aquela finalidade, como se isso pudesse ser algum tipo de vantagem, e ela voltava justamente nesse papel, mais burocrático do que a glória emprestada pela literatura e pelos filmes e seriados de TV americanos. Se bem que nem detetive era. Mas, quando prestou o concurso, diante da relação de municípios exposta para escolha, não hesitou em colocar a cidade natal como primeira opção. Foram tantas as justificativas que dera menos para si mesma, mas para os irmãos, e repetira tantas vezes mentalmente que seria mais simples se estabelecer num lugar que já conhecia, não só suas ruas e caminhos, não só as articulações da sociedade, mas de certa maneira a mecânica da violência do lugar, que quase acreditara que era esse mesmo o motivo da sua volta.

Categorizara as imagens da ferocidade do lugar numa espécie de mapa que desenhara, renomeando os bairros e localidades rurais com nomes de crimes e outras ocorrências das quais tinha lembrança, o que não deixava de ser uma injustiça, ela sabia. Mas isso pouco importava. E fizera uma lista: assassinatos por vingança ou por intolerância, em geral por injúrias entre bêbados, os chamados crimes de honra, em que mulheres são justiçadas por maridos enciumados, os suicídios, as brigas entre vizinhos, os atropelamentos ou acidentes corriqueiros na rodovia, os pequenos roubos, ora realizados por ladrões de ocasião, ora realizados pelos bandos de crianças delinquentes que, como os meninos perdidos da Terra do Nunca, pareciam ser sempre os mesmos etc. etc. etc. Assim tentara se convencer e fingira acreditar que convencera aos outros. Desde que abandonara o jornalismo que aquele roteiro estava determinado. A cidade nunca fora dócil, e conhecê-la nunca poderia ser uma vantagem. E em nada sua violência diferia da violência de qualquer outra cidade do país. Em nada melhor ou pior que qualquer outra. Mas, como pequenas moscas que voejam em torno de bananas maduras, o que nos faz retornar para algum lugar são tão somente as cascas pretas dos ferimentos e seu açúcar corrompido.

Na infância, a cidade chegava até ela pelos relatos sem filtro das conversas entreouvidas entre funcionários e clientes do pai ou pelos cochichos e comentários em casa. Havia também as histórias sempre terríveis dos colegas da escola, nas quais os acontecimentos eram pintados em cores mais fortes e cruéis, o crivo das crianças tendendo a ser mais poroso, espetacular e ingênuo, mais detalhista e, nesse aspecto, sobretudo mais fantasioso. E, claro, sempre mais assustador.

Lembra quando lemos juntos *A ilha de Arturo*, naquele exemplar que você recolheu de um monte de livros jogados na calçada de uma casa perto da minha? Havia também uma coleção antiga de Alexandre Dumas entre os despojos, *Os três mosqueteiros*, *Vinte anos depois* e *O homem da máscara de ferro*. Conhecíamos a fama de Dumas por causa de alguns filmes que passavam na TV, mas nunca tínhamos ouvido falar em Elsa Morante, e acredito que o que nos levou àquela leitura foi menos o estilo entusiasmado da narração e o aprendizado do ódio que os homens podem sentir pelas mulheres e mais o fato de um livro de capa dura, para nós um objeto luxuoso, ter sido encontrado naquelas condições. Havia também a dramática ilustração de capa, com suas figuras fragmentadas, braços, pernas, rostos como que mascarados e a figura duplicada de um menino soprando seu hálito sobre si mesmo. O que aquilo poderia significar? E, claro, não podemos esquecer da fotografia em sépia que depois encontrei entre as páginas. Era um menino talvez de nossa idade, em sua roupa branca que deveria ser da primeira comunhão mas que na nossa imaginação era a roupa de alguém que vivia numa ilha ensolarada. Um menino muito antigo e até austero mas que, para nós, só poderia ser Arturo em algum momento entre suas aventuras e a elaboração das *certezas absolutas*. Impedi você de voltar àquela casa para devolver a fotografia. A partir dali aquele fantasma pertencia apenas a nós. Fora abandonado, descartado, como Arturo se sentia em relação ao pai. Quando fui embora estudar na capital, você me deu a fotografia num porta-retratos barato. Compreendi o gesto, claro, e ainda trago Arturo comigo, seus olhos não envelhecem nunca.

Em Alta Vista do Redondo, a família dela, como as demais famílias de classe média, almejava a metrópole para os filhos como um sinal de sucesso na vida, do mesmo modo que antes se enviavam os primogênitos a Lisboa esperando que retornassem como advogados ou clérigos prontos a ocupar os lugares de poder na terra natal. Assim, meninas e meninos partiam com a obrigação de retornar não apenas advogados, mas também médicos, dentistas e engenheiros, as profissões que garantiriam a manutenção do status quo para os homens e a promessa, quem sabe?, de um bom casamento para as mulheres. Fora assim com todos de sua casa. E a jovem, naqueles anos, quando voltava à cidade nos feriados e férias escolares, não deixava de se afirmar uma boa filha de quem era, muitas vezes lançando um olhar de desprezo para os antigos colegas que não puderam realizar aquele salto do triunfo. O fracasso, porém, sempre chega fácil, não é preciso muito, tão fácil como descer os lances de uma escadaria. E os fracassados, em Alta Vista do Redondo, sempre se constituíram por uma massa mais ou menos sólida composta por quem não possuísse as senhas corretas, todos os adereços que compunham o que se entendia por uma pessoa de sucesso, as roupas e os contatos certos, o comportamento esperado, o roteiro decorado ao pé da letra.

De todo modo, aprendi que a perícia criminal no miolo de tudo, Pedro, significa apenas remexer na sujeira deixada pelos outros, as mãos sujas de quem comete um crime, e ainda os restos, vísceras expostas, fluidos escorrendo pela calçada, a carne em vias de perecimento das vítimas se equiparando estranhamente ao prazer de ler um novo livro. E para alguém como eu, sempre tão arredia aos outros, o fato de me tornar alguém que manipula os cadáveres, que afunda os dedos em suas feridas e orifícios, parece mais tranquilo do que lidar com a confusão dos vivos. Meu retorno nessas condições não deixa de ser um sinal de declínio, não é? Porque eu não passo mesmo de uma ave de rapina pousada na má sorte de alguém. Mas isso também pouco importa. Todos sabem que voltei apenas por você.

A perita
SEGUNDO DIA

Dos três presos nessa maldita ocorrência, a mulher é quem me inspira sentimentos que eu gostaria de soterrar. Quando alguém muito querido morre, é como se não houvesse mais nenhum lugar seguro no mundo. Onde quer que se esteja, ela, a morte, irá buscar você, esmiuçando pistas e sinais de sua presença no mundo, inquirindo presente, passado e futuro, revirando você nas lembranças dos amigos, farejando sua passagem em lugares de afeto, apreendendo o som da sua voz, os cheiros que você exala, o jeito como o seu corpo se enrosca quando dorme ou transa, os intervalos entre a respiração e a risada, as marcas dos seus dedos em papéis, corpos, alimentos, objetos variados. De posse de absolutamente tudo sobre você, a morte enfim acaba te pegando. E é esse o seu encargo e, por mais que ela demore, você sabe que ela nunca deixa sua missão por terminar. Ou, então, a morte é uma semente que nasce dentro da gente e espera o tempo que for, o momento certo, para germinar.

* * *

O mais curioso, porém, é que, quando uma pessoa assim querida e importante morre, você passa a fazer praticamente esse mesmo percurso, só que, ao contrário da morte, você só consegue transitar pelo passado, tateando os vestígios deixados por aquele que partiu, indagando objetos, rabiscos, sonhos, mensagens, fotografias, se metendo em brechas, sótãos, iluminando com lanternas mais ou menos potentes os desvãos da memória, pisando com os seus pés as marcas dos rastros que ficaram para trás, tentando encaixar naquela forma frágil a sua própria marca. Diferentemente da morte, no entanto, você procura recompor aquele que foi perdido, como se nesse trabalho de detetive fosse possível conseguir, por um instante que seja, restaurar aquele todo que, no entanto, sempre escapa. E nesse trabalho, apesar do vazio, você se contenta com resquícios, as marcas ao mesmo tempo frágeis e duradouras que consegue reter. E embora nunca tenha existido lugar seguro para você em nenhum tempo ou lugar desde a sua primeira respiração, é com a morte de alguém querido que você percebe a morte em seu encalço. E é exatamente isso que aquela mulher, que parece não entender direito o que fez, o que foi capaz de fazer, me lembra.

Até os cinco, seis anos de idade, as lembranças que tenho da infância são fragmentos carentes de sentido, como se peças de diferentes quebra-cabeças, sim, de novo eles, me perdoe, Pedro, por ser repetitiva, tenham sido colocadas dentro da mesma caixa e não exista modo algum de fazer com que ganhem sentido. Há o meu medo quase infantil diante do grande olho da máquina fotográfica. Há a minha mão dada à mão de uma mulher. Minha mãe? Não lembro bem. Talvez outra pessoa. Os pés enfiados num charco e um sentimento de uma felicidade assustada advindo daí. Há um quarto muito pequeno, cujas paredes estão cobertas de páginas de revistas coladas, há velas acesas num pequeno altar, e o ambiente sufocante. Não há foco e não parece ser algo que vivi. A imagem mais nítida é a de um grupo de mulheres com lenços na cabeça, lenços brancos encardidos, lenços estampados, desbotados, lenços pretos de viuvez. E há o pedido: Reza, menina! Minha mãe dizia que nada disso nunca aconteceu, que eu devo ter sonhado. Uma falsa lembrança. Não sei. Mas a vida que reconheço como minha talvez só se inicie mesmo com você. Temos cerca de sete anos de idade, você é magricela, tem olhos espertos e amendoados, cabelos muito lisos e um tom moreno de pele diferente de todas as outras, mais escura. Muito diferente da minha, tão branca. Um dia, você me disse apontando uma criança na página de uma revista que a professora levara para a sala de aula para recortarmos,

Olha, eu acho que sou um indiano. Eu não pareço com ele?

Sim, parecia, e por algum tempo te chamei de Mogli. Ninguém parecia gostar muito de você, é o que eu acho, e talvez por isso ficamos amigos. Estamos invariavelmente juntos e foi assim, juntos, que ouvimos pela primeira vez o novo xingamento, da boca de Adriano, aquele menino acintoso, filho do comandante da polícia, e de quem se diziam coisas horríveis, de como cegara, por diversão, o cachorro da família, sim, por maldade, por pura e simples maldade. Você lembra? E Adriano, sempre envolvido em problemas na escola mas também sempre escapando das punições que, no entanto, alcançavam os outros, talvez com pais menos influentes, de olhares menos desafiadores. Aquele grito se repetiria por muitas vezes, impondo sua força pela reiteração, arregimentando simpatizantes. E nem sabíamos o significado daquela palavra, mas de imediato supomos ser algo de muito feio, uma palavra pronta, como bala, atirada para fazer o seu estrago.

Ei, aberração!

A perita
ANTES

A manhã se desenhando igual a qualquer outra. Acordar às cinco horas, alongar o corpo que repousara formando nós mais ou menos rígidos na cervical e na lombar, as mãos fechadas, os dedões dos pés estendidos, tensos, contra o colchão, o corpo como uma tábua, como se isso pudesse ser confundido com alguma forma de repouso. Ou como se esse corpo-tábua fosse o prenúncio daquele que um dia estará morto e contido numa caixa de madeira, seis tábuas simples, uma servindo de amparo, outra servindo de tampa, quatro servindo de represa. Depois o café exalando seu cheiro doce na cafeteira, o pão com manteiga, a porção costumeira de fruta, o celular aberto enquanto os olhos repassam as notícias do mundo rapidamente, a luz da pequena tela iluminando ou cegando?

A mulher dirige com atenção quando, logo depois de uma curva, entre as paineiras e suas flores de algodão rosado explodindo contra o céu da cidade, vê o clarão logo seguido de um estrondo, vindo de um poste de energia mais à frente: um pássaro, que vira de relance no seu bater de asas, possivelmente um pombo, é eletrocutado e arrebenta, transformando-se em cinzas e numa pasta de matéria escura caindo sobre o carro da frente. E ainda as penas ou as cinzas delas, não consegue distinguir, caindo muito devagar, contrastando com a pressa de tudo ao redor, pessoas nas calçadas, o homem de bicicleta, a mulher empurrando um carrinho estreito e comprido, cheio de garrafas térmicas, os motoristas buzinando.

Ela observando tudo em dois tempos, o tempo acelerado do mundo vivo e barulhento, o tempo lento e silencioso do pássaro em sua morte, naquele movimento elástico, demorado. No automóvel, Bob Dylan cantando "Political World", e a criança no banco de trás, o sobrinho a quem ela leva para a escola, e que até então cochilava, pergunta, o que foi isso? entre sonolento e assustado. A mulher, tentando ser pragmática mas com o coração saltando na garganta, na tentativa quase maquinal de dar a notícia, relata a cena que acaba de presenciar. Um pássaro fora eletrocutado e explodira. O menino suspira profundamente, solta o resmungo habitual de enfado sempre utilizado quando um adulto comete algum erro aos seus olhos, e completa,

Acho que eu não precisava saber que um pássaro morreu assim.

De fato, não precisava, ela pensa e se cala, envergonhada. Mas ao mesmo tempo pensa que talvez seja importante saber desde cedo que tudo o que amamos um dia vai acabar. A música ainda toca e tudo lhe parece inadequado e constrangedor, e os tempos voltam a coincidir dentro e fora do carro, e é quase como um solavanco que ela sente isso. E então uma sensação de mal-estar toma conta dela, que tenta se controlar mas sente as mãos gelarem. Por um instante, pensa em dar meia-volta com o menino, e colocar tanto a ele como a si mesma a salvo de algo que ela não sabe bem o que é. Diante do absurdo inexplicável, se contém. Como explicaria ao irmão e à cunhada o fracasso de uma missão tão simples? Mas persiste o incômodo de que um dia que começa daquela forma não pode terminar bem. No entanto, ela prossegue e se obriga a cumprir os papéis que lhe são exigidos. É uma manhã fria de setembro de 2015, marcou um horário no consultório do irmão antes de ir para a faculdade, o siso incomoda, e esse será o único compromisso que conseguirá desmarcar. Não suportaria ficar um segundo com a boca aberta sendo perscrutada por espelhos e pinças, sendo escavada por brocas. Deixa o menino na escola e segue direto para a faculdade, deixando ao encargo da aula a missão de apaziguar seus sentimentos. No fim do dia, no fim das contas, o mau pressentimento se esfarela. Adormece no sofá, e pouco mais de meia hora depois o telefone toca. É um número desconhecido, mas identifica o prefixo de Alta Vista. Quem pode ser? Não é o número de Pedro. Ela atende. É a irmã dele.

A perita
SEGUNDO DIA

Fui ao seu enterro, Pedro, mas não te vi morto e a princípio achei que fosse melhor assim. Horas de viagem para encontrar alguém que não estaria lá, um vazio fundo como um oco no estômago, uma queda num buraco sem fim. O caixão estava fechado porque os assassinos o desfiguraram, o queimaram. Você não gostaria de se ver nessa situação. Não gostaria também de ser visto. Eu sei. E eu não conseguia imaginar ninguém tocado por tanta maldade, e embora pressentisse, sei que não conseguiria compreender aquilo que estava oculto. Foi isso que senti, que pensei diante do seu caixão fechado e da sua enorme ausência naquele lugar onde todas as lágrimas e todos os gestos eram em seu nome.

No velório, sua família e alguns amigos e colegas de trabalho estavam abatidos, revoltados, os olhos inchados, os soluços em convulsão. Alguns falavam as palavras que se repetem em ocasiões assim e das quais eu só conseguia apreender, no momento, o significado literal. Fixei meu olhar nas mãos das pessoas, o cheiro das velas era nauseante. Ou talvez fosse o seu cheiro que as laranjas dispostas na bacia, embaixo do caixão, não conseguiam disfarçar. Um menino de uns dezesseis anos, junto a um pequeno grupo de adolescentes da mesma idade, se espremia num canto, ele usava uma calça jeans folgada, uma camiseta do Nirvana, os cabelos longos e pretos caindo sobre o rosto como um véu. Ele não levantava os olhos e suas costas curvadas faziam com que sua figura parecesse ainda mais sofrida, uma espécie estranha de *Pietà*, eu lembro de ter pensado. Seu aluno, como a maioria dos meninos e meninas ali. Você voltara a Alta Vista não apenas para lecionar, mas para morrer também. E eu voltei para encontrar você, mas algo me diz desde então que há muito tempo estou também morta.

É como se eu retornasse àquela manhã de semanas antes, em que o pássaro morto borrara o dia como uma gota grossa de tinta num desenho inacabado. A voz de Bob Dylan ainda ecoa e então, como se me afastasse de tudo, me afastasse de mim mesma e de todo aquele momento, entro em outra dor e lembro de uma história que Dylan contou, outra música, sobre um menino negro americano torturado e assassinado pela gente da Ku Klux Klan, e que fora encontrado nas águas do Mississippi, e só reconhecido por causa de um anel que usava. A mãe desse menino não quis que seu caixão fosse lacrado no velório. Não quis que ele ficasse naquele útero de madeira protegido de todos os olhares, o de piedade, os de escárnio. Ela disse que queria que todos vissem o que fizeram à criança dela, e passando por cima dos próprios sentimentos, mostrou a todos o que os criminosos fizeram. Então, os jornalistas fotografaram a mãe do menino amparada pelo marido em segundo plano, os olhos dela, amorosos, sobre o filho, os olhos do homem, magoados, inquirindo a câmera, o cadáver do menino, deformado, em primeiro plano, algo muito distante do que uma criança deveria ser e de como você deveria estar naquele momento também, algo muito longe de você, Pedro, um borrão, um pássaro explodido. Mas os jornalistas fotografaram os assassinos e a cúmplice deles também e até pagaram milhares de dólares pela sua versão da história e no dia do julgamento os brancos foram assistir ao grande evento com suas crianças, as cestas de piquenique repousadas sobre os colos, festivos. Os assassinos em suas camisas brancas e engomadas, os grandes charutos pendendo entre sorrisos, ela, a mulher que acusou o menino de haver lhe faltado com o respeito, testemunho que desencadeou toda a onda de violência, sedutora e feliz, uma Marilyn Monroe caipira, algum deles escreveu e, enfim, todos absolvidos. Coisas que penso agora, racionalizando tudo, procurando dar algum contorno para aquele dia tão desproporcional. Meu estômago se revira e volto a estar presente no velório, as lágrimas borradas de maquiagem preta escorrendo no rosto de Mamie Till se confundem com as lágrimas da sua irmã e com as lágrimas de sua mãe. Eu não choro.

Trago uma cicatriz de queimadura no corpo. É pequena, um pouco acima de um dos seios. É uma mancha marrom-clara e parece um desenho de uma asa. Foi o que restou de um acidente desastrado com um bule de café há alguns anos. Não consigo mais olhar para ela sem lembrar da pele engelhada em dobras imperfeitas do que restou do corpo da moça que foi assassinada pela família. Olhei para Celeste e vi você, Pedro. E hoje chorei debruçada sobre a pia, me perguntando se não deveria ter convencido sua família a deixar o caixão aberto, se não seria essa a atitude certa a tomar. Era preciso que todos vissem o que fizeram a você. E fico pensando, num rasgo de onipotência, que se eu tivesse feito isso, se eu tivesse tido essa coragem, talvez Celeste não tivesse morrido, e embora isso não pudesse trazer você de volta, porque é impossível trazer alguém de volta, os pedidos de justiça fossem mais combativos. Mas, de verdade, não sei.

A perita
SEGUNDO DIA

Você é bicha?
Por quê?
Me falaram que você é bicha.
O que é uma bicha?

Você me olhou com olhos magoados, Pedro, e eu entendi que, embora você soubesse exatamente do que eu estava falando, não queria ter aquela conversa. Eu sabia também que aquilo era uma espécie de traição da minha parte.

Você sabe. Isto é, você sabe o que é uma bicha.
Por que você não diz? O que é uma bicha, hein?
Você sabe, Pedro. É um homem que namora com outros homens.
Eu não namoro com homem nenhum. Eu ainda não namoro.

Você namora? Você já namorou alguém? Eu não. Mas e se eu namorar e se eu for uma bicha, qual o problema?
Nenhum, respondi. Eu só queria saber.
E pra que saber?
Pra nada, Pedro.
Então, por que perguntou se era pra nada?
Não, é que...
E se eu for uma bicha, qual o problema? Você vai deixar de ser minha amiga?
Pedro...
Faça o que achar melhor.

Faça o que achar melhor, sua voz ecoa dos seus treze anos de idade para chegar até aqui. O dia de hoje foi estranho. Na delegacia, o delegado e o investigador têm passado muitas horas com a mulher. Nem o escrivão entra. Mas eu sei o que acontece lá dentro, Pedro. Eu sei. O interrogatório. E eu me sinto suja, imunda, porque a odeio e porque me calo e ainda porque ensurdeço. Porque olho para ela e penso que ela poderia assassinar você e minha compaixão por ela logo se dissipa. Celeste parecia uma menina-lobo, Pedro. Mogli, como você. Então, não faço nada. E me envergonho de escrever a palavra "tortura".

A perita
TERCEIRO DIA

Traio a você e a mim mesma, Pedro, desde o começo. E me entrego a este afeto triste que só os covardes possuem. Acordei, o dia clareava, e foi a sua presença que eu senti antes mesmo de abrir os olhos. Mas os abri, de súbito, sem o sono grudando as pálpebras, sem sentir que a luz me feriria. Abri os olhos desperta, sem resquícios de sonho, e então a vi aos pés da cama, varrendo o meu quarto. E o meu primeiro movimento foi fechar os olhos, apertando-os, para depois repetir mentalmente que me perdoasse, que não era para eu tê-la visto, e eu sabia que ela continuava varrendo, varrendo, ela de branco, a vassoura entre as mãos e, no entanto, o pó e a sujeira em todo o quarto levantando uma espécie de véu, mas não acabando nunca. Depois foi como sair de um sonho dentro de um sonho, como sempre, mas eu sei que não dormia, e sei também que o meu pedido de perdão deveria ser menos por tê-la visto como aparição e mais por não tê-la visto como quem era desde sempre. Tudo inevitavelmente tão rápido.

* * *

Quando nos deparamos com o abismo damos um passo atrás ou damos um passo adiante. E a única coisa que me vem à mente é que voltei para Alta Vista do Redondo apenas para me tornar cúmplice. Uma cúmplice de Adriano furando os olhos do pastor-alemão, uma comparsa também dos seus assassinos, Pedro, a parceira perfeita em vários crimes. Nesta terra sempre se acha a bruxa certa para supliciar. Não foi assim com Narcisa, a travesti, degolada e queimada depois de uma sessão de espancamento? Não foi assim com Celeste agora? E com Belinha, brutalizada e também queimada dentro de casa? Não foi assim com as moças do Poço da Guiné? Não foi assim com você? Hoje cedo a mulher teve uma parada cardiorrespiratória na cela. Não consigo pronunciar o nome dela. Não consigo escrevê-lo. E tenho nojo de pronunciar o meu próprio nome. Não resistiu aos métodos de interrogatório e nisso não sei o que separa mocinhos e bandidos. Acho que nada, não é? Não houve tempo para socorro e eu fui encarregada de fazer a perícia, é claro. Quem mais faria? Como eu poderia fugir aos meus encargos? O que nem o laudo nem o caderno e tampouco o que esta carta suportam são as minhas mãos sujas.

— *Bruxas secretas desta noite negra, que estão fazendo?*

— *O que nunca tem nome.*

Não é correto dizer que a natureza é perfeita e que Deus e natureza se confundem. A natureza, em inúmeras oportunidades, já deu a ver a sua propensão para o mal, desde a serpente a macular o Paraíso Celestial, passando pela vara de porcos endemoniados a se jogar dos penhascos, além das tantas formas animais e vis que o demônio encontra para seduzir e enganar homens e mulheres. É sabida também a predileção que as bruxas têm por alguns animais, gatos e salamandras que se enroscam lascivos por entre as suas pernas, pássaros que a tudo veem, víboras a ornar-lhes pescoços e punhos e uma miríade de seres rastejantes que servem aos mais baixos propósitos, seja como matéria-prima de emplastros, poções ou como mensageiros de desgraças.

Mesmo a água e o calor do sol e até o ar com seus miasmas podem ser agentes da malícia.

* * *

O mal da natureza não diz respeito apenas aos animais, como pode parecer. Não era a maçã uma fruta? Não era a figueira mal-agradecida uma árvore? Assim se confirma o que sabemos, que as formas vegetais são moldáveis para a tentação. E disso também sabem as bruxas, daí todo o fascínio que sentem por certas plantas, sejam ervas, espécies frutíferas ou leguminosas, e até raízes, sementes, troncos, folhagens e flores. E disso têm o cuidado e o usufruto.

A bruxa está para a natureza assim como o crente está para o templo. E essas são coisas inconciliáveis.

Cabe ao justo do Senhor submeter o mundo natural. Conhecê-lo e catalogá-lo. Torcê-lo e dominá-lo. Convencê-lo pela força da fé e pelo poder do Nosso Salvador. Cabe ao justo do Senhor fazer valer sobre as bruxas o seu domínio, fustigá-las em seu erro, tê-las sob seu jugo sob as mais variadas formas, para a glória do Eterno.

O verdadeiro crente não se deixa seduzir pela exuberância e tampouco se engana com a aparência de inocência. Sempre se fará necessário arrancar o mal pela raiz e não poucas vezes salgar os campos infames nos quais medraram maldade, luxúria e desobediência, para que assim se esterilizem.

|Do caderno do pregador|

Quitéria

O fogo

A festa do fogo é sempre furiosa. Levanta-se o palco, ajunta-se a lenha, semeia-se a expectativa silenciosa e crescente do rastilho à fagulha. Mas antes é preciso seguir o roteiro à risca: a roda, a pera, o garrote vil, o frenesi dos suplícios. A carne submetida como acesso àquilo que o espírito oculta. E somente depois a preparação do teatro. A leitura das sentenças com seus argumentos e justificativas que sempre parecerão razoáveis quando ditas em alto e bom som de cima do tablado. E então verdugos e vítimas e plateia, todos a postos, para representarem seus papéis na tramoia.

Eis que este auto de fé será o mais próximo que estaremos do Dia do Juízo e da Glória!

Mas não era no Apocalipse que Ismênio, Lourença e Zaqueu pensavam quando submeteram Celeste à fogueira. Pensavam, é claro, em agradar ao pregador, e desse modo agradar a Deus e atordoar o Demônio, demônio que saía da boca do pregador para assombrá-los. Demônio este, ou Legião, que era mascado e remascado, engolido e regurgitado, ruminado continuamente, e que por isso mesmo estava sempre presente nos sermões, advertências, vociferações. Um demônio íntimo, obstinado, ganhando cada vez mais corpo, peso, gestos e, sobretudo, voz.

Lourença pensava que, purificada pela grande e áspera língua de fogo, Celeste sairia das chamas ressuscitada numa nova mulher, que por sua vez seria límpida, casta, ordeira, de uma beleza santificada como a imagem da santa por quem um dia tivera devoção e cuja amizade guardava ainda em alguma caixa recôndita da memória. Nesse milagre, no rosto de Celeste resplandeceriam ocasionalmente o rosto de santa Quitéria de Brácara Augusta e o de sua própria Quiterinha e, sim, entre as chamas, ela, Lourença, quase conseguia vislumbrá-las todas, uma mulher de muitas faces, a virgem do Apocalipse pisando com seu pé delicado e forte a cabeça da serpente. E via a Celeste futura e as Quitérias gloriosas como a Jerusalém restaurada, e nesse fulgor entendia, ainda que muito rapidamente, que suas próprias dores, mesmo as mais antigas, mesmo as nunca ditas, se veriam, enfim, cicatrizadas. E Celeste, a sua Letinha, vestida com o recato da nova mulher que dela mesma estava nascendo, educaria o filho na Lei de Deus, e honraria o Quinto Mandamento, e um dia seria ela mesma a Noiva Gloriosa, sem mácula ou ruga, ataviada para o Esposo Divino, tabernáculo sagrado, sem defeito algum. E ainda que de relance, podia vislumbrar o próprio rosto renovado naquela mulher batizada nas chamas divinas.

Ismênio não sabia muito bem o que ruminava. Os pensamentos ora figuravam numa trança apertada de palha de taboa ora pareciam frouxos, escapando de qualquer formulação. E, embora não bebesse havia algum tempo, sentia-se embriagado, e giravam na sua frente a filha e todas as imagens passadas da filha, a filha recém-nascida, a filha pequena tangendo as galinhas no terreiro, a filha já moça sofrendo suas cólicas, a filha quase menina entrando no ônibus em direção a um mundo desconhecido. E, embora soubesse da presença de Lourença e de Zaqueu naquele redemunho, eram apenas ele e Celeste se movimentando dentro do rebojo. E se por um instante pareceu-lhe errado tudo aquilo, e num átimo sentiu pena ou remorso pelo que sabia que iria acontecer, logo essa intenção se desmanchou. As palavras que ouvira anos a fio saindo da boca do pregador figuravam como entes, rápidas visagens, ora luminosas, ora sombrias, que lhe diziam que um pai sempre está certo, que o pai que se nega a fustigar o filho, não o ama.

Escuta a palavra do Senhor, homem! A vara da correção dá sabedoria, mas a criança entregue a si mesma envergonha a sua mãe, Provérbios, capítulo 29, versículo 15. Provérbios, capítulo 29, versículo 15. Provérbios, capítulo 29, versículo 15.

Zaqueu, por sua vez, não pensava em nada. Seu corpo parecia não guardar a memória do corpo magro de criança a quem tantas vezes Celeste carregou colado à sua própria pele como se fossem, ele e ela, um corpo único, um ente maravilhoso das histórias de Trancoso que o avô Nana contava em dias de reisado, histórias de reinos maravilhosos que pareciam próximos demais do Tapuio, bem ali, cujo acesso se dava por uma porta marcada por uma pedra tornada em pé, pedra encantada que mudava de lugar e que, por isso talvez, ele nunca conseguira encontrar. Histórias de sapos feiticeiros que se colocavam em demanda com príncipes e heróis tornados por magia em veados ou quatiaipés e que enganavam as artes mágicas com sua esperteza enquanto cantavam com suas vozes de bicho e de gente, *direi, direi, direi dirá oi tumba iacatumba iaruá*. Ou como se ela fosse o cavalo e ele o pequeno cavaleiro, ou ela uma peixa e ele seu peixinho. Ou como se ela fosse sua mãe, uma mãe pequena, menina ainda, mãe emprestada mais que irmã. Sua voz também não lembrava em nada a voz infantil que a chamava de Letinha em apelos por tudo, fossem os bolos de feijão com farinha, que ela amassava entre os dedos para alimentá-lo, fosse a súplica para que ela não contasse à mãe ou ao pai o malfeito que fizera, esperando dela mesma o castigo, que fosse como fosse seria mais brando, palavra dura ou tapa, fosse pela mão infantil dela ou por sua falta de jeito de bater nele, castigos que sempre doeriam menos. Mas Zaqueu não pensava em nada daquilo, nem tinha memória de nada, tudo coisa afastada da lembrança, os dias de menino como uma névoa, que de tão ajuntada se fizesse espessa. Ele era só força e empenho em dar um corretivo naquela pecadora.

O que se poderia dizer de Quitéria ou de Celeste e mesmo de Lourença perante a iminência da grande dissolução, que não se pudesse dizer do broto apodrecendo diante da mesma umidade excessiva que alimenta as larvas em seu redor? A vida se engolfa em morte e retorna em vida, mas, de todo modo, se retesa sempre perante o que lhe parece uma grande violência, a inevitabilidade final, até mesmo quando a resistência se dá menos na superfície do corpo e mais no invisível, já não tão misterioso, dos impulsos que alimentam as células. Ainda que a cada passo da vitalidade se faça acompanhar do passo da finitude. Isso posto, é ao clichê que ninguém se acostuma, esse de que se vai morrer por completo, porque a varejo morre-se o tempo todo. Mas nem mesmo o animal sedento à beira do lago, pressentindo aquele que, submerso, o vai finar por derradeiro, deixa de lançar sua língua à água com a mesma paixão com que resiste ao bote; e o tomateiro, quase um cadáver já ressequido, tomado pelo fungo fatal, resguarda ainda, dentro de si, suas últimas energias para que seus frutos amadureçam.

Fato é que Quitéria, Celeste e Lourença sempre foram indefesas diante dessa lei, seja ela transmutada na oxidação própria do que vive ou na doença que corrói a carne ou a alma, seja ela incorporada no grunhir de porco furioso, palavras que almejando ser uma tradução do divino, não passam de lâmina ou bala ou relógio mesmo do morrer. Mesmo que essa lei seja a lei mais antiga do mundo, a do homem submetendo a mulher, o pé maciço sobre o pescoço imobilizado. Tomba-se diante dos dentes de uma política de aniquilamento carimbada em mil papéis do mesmo jeito que se desfalece ao zumbido estrondoso de muitos améns ou à desventura do acidente ou à força bruta do macho. É a vida. Ou o que chamam de vida.

Quando Quiterinha foi atacada, não havia meios pelos quais pudesse resistir, embora sentisse a vida doer de um jeito que ainda não aprendera na jovem carne dilacerada. O animal a arrancou do sonho de que o leite da mãe a provera pouco antes, e aquela dor nunca sentira, e tão pequenina ainda nem teria choro certo para ela. Tanta dor que a luz se apagou dos seus olhos num instante, embora o corpinho ainda resistisse entre as rajadas de sangue e as perfurações de dentes e continuasse persistindo por pouco mais de uma hora depois do ocorrido, tempo que, no entanto, lhe foi de todo inútil.

Celeste, ao se ver cercada pelo fogo, a pele dos pés e das pernas engelhando e se desfazendo numa velocidade que jamais poderia supor, lembrou que seu corpo já conhecera muitos outros sofrimentos, tantos que sabia ser possível rapidamente escalonar entre os maiores e os que se acostumara a perceber como de pouco valor. É verdade que o grito se torna proporcional àquilo que se sente e que quanto mais gutural ou mais aguda a sua nota, tanto menos se percebe aquilo que machuca. Quando a pele do pescoço e do peito encolheu tão rápido que a estrangulou, a dor maior que Celeste sentia e que não conseguiu gritar, era aquela de sempre, a dor de ser pequena, indefesa, as unhas da mãe retorcendo sua carne, o cinto do pai marcando suas pernas, os puxões de cabelo em desamor. Mas o fim foi mesmo muito rápido.

Pouco antes de seu coração parar, os pulmões em colapso, encharcados dos muitos rios que fora obrigada a engolir fosse a vida inteira ou naquele balde frio de metal, as mãos de taboa do investigador machucando sua nuca, Lourença, sem compreender tudo o que se passava, se perguntou,

Meu Deus, meu Deus, por que me abandonaste?

Quando Germano passou a lâmina no pescoço de Quitéria de Brácara Augusta e o corpo dela tombou para um lado e a cabeça rolou para o outro, ele só pensava no que lhe havia sido negado, o acesso que lhe parecia ser de direito ao corpo da menina, a ventura que seria o gozo de sua carne em tão tenro cálice. Sob o dorso do cavalo circundara a colina, vencendo os aclives, um deslocado vento que na primavera lhe doía o queixo, a dura geografia que de longe parecia suave mas que de perto tornava a caçada ao mesmo tempo extenuante e inflamada. Vinha da fúria. E por mais que corressem, ele e os homens a seu serviço, ele, os cavalos e os cães, a menina ainda assim escapava. E como seria possível que ela vencesse se só dispunha mesmo dos miúdos pés sobre os quais se equilibrava? Verdade era que Quitéria já escapara antes. Da morte certa. E esse escapar fora o seu primeiro passo. A mãe, contrariada, dissera à parteira,

E serei eu alguma cadela a dar à luz essa matilha? Veja como ganem, nessa barulhenta ninhada! Faça o que ordeno e suma com todas, já disse! Joguem-nas ao rio ou ao despenhadeiro, que me importa?

Tomada pelo susto de parir de uma só vez a nove meninas, a mulher temia sobretudo o riso dos aldeões e suas mulheres, sempre acostumados a sibilar contra ela e o marido pelo peso dos impostos que os romanos lhes fustigavam, e do mesmo modo o escárnio das amigas que pelas costas lhe chamariam certamente de cadela ou porca parida. Apesar disso, entre outras tramas e mãos de caridade escaparam todas as nove meninas, Quitéria e suas irmãs. E por tudo isso bem cedo aprenderam todas as artes de fugir.

E, assim, fugiria Quitéria, em todos os passos seguintes de sua vida. Tornada cristã, em domínios de Roma, viveria como pária; reencontrando o caminho da casa paterna, achou por bem evadir-se outra vez de sua sombra ao perceber que o pai e a mãe desejavam para ela uma vida diferente dos seus sonhos; prometida a um casamento malquerido, com aquele mesmo Germano enfurecido, deu-se de resguardar-se por dias e noites no tronco de um espinheiro-branco ali mesmo naquele monte Columbino, onde o pretendente e sua tropa urravam e os tropéis tamborilavam no chão em sua caçada. Enquanto o espinheiro dava-lhe colo e seiva e mel, o coração de pássaro de Quitéria retribuía com sua própria luz e nada temiam, nem ele e nem ela, nem mesmo a zoada que retumbava no monte.

Foi Dumano, o apóstata, quem indicou com dedos muito longos o fulgor das flores brancas e dos frutos vermelhos em torno da árvore, um halo, uma beleza que não poderia senão ser arte de mulher. Foi quando o coração de Quitéria sentiu os minutos de silêncio que antecipariam seu próprio assassinato. Uma suspensão, como se o mundo todo fizesse silêncio naquele instante. O espinheiro-branco sentiu o mesmo e quando a menina lhe foi arrancada, puxada pelas folhas, raízes, cabelos, ali também a árvore principiou a morrer.

De um golpe seco e certeiro, a menina foi descabeçada, mas não seria esse o fim dos seus passos, porque, então, ouviu-se como que um estrondo de trovão, a voz que atravessando mundos dizia, inequívoca, Levanta-te, Quitéria! Toma nas mãos tua cabeça e segue ao lugar escolhido para a tua sepultura! E ela foi. Ergueu-se. Tomou a cabeça que, sim, lhe pertencia e colocando-a em frente ao peito, como lanterna ou farol que fosse, pôs-se a caminhar prodigiosamente. Mal acabara de completar dezesseis anos.

Caminhando sem tropeços pelas veredas do monte Columbino, Quitéria viu então o que não é dado a ninguém ver, posto que estava definitivamente morta e surpreendentemente viva, uma dupla existência que uns chamam de milagre, outros de mal-assombro e que não passa de uma exibição frívola, uma vaidade dos mistérios contra as leis mais básicas da natureza; coisa rara mas que de vez em quando calha de acontecer. Assim, a paisagem que se desvelava diante daqueles novos olhos abertos de Quitéria era toda banhada numa luminosidade ocre que não se vê, realmente, nem no mundo dos mortos, nem no mundo dos vivos. Mas seus olhos, como já eram outros, não estranharam nem se feriram por aquela luz.

E Quitéria viu, no céu, um grande coração pulsante sendo sustentado pelas mãos de uma menina de asas com cabeça de elefante. De um lado da estrada viu trezentos mil animais mortos, oprimidos sob gigantescos pés; e do outro lado, a terra coalhada de sangue, coberta de mulheres mortas, uma montanha de corpos que se agigantava diante de quaisquer outros mortos. Em sua frente via o futuro, e se dirigisse a cabeça para trás, via o passado. E o presente era água brotando dos seus olhos para os seus pés. Entre tantas mulheres e meninas tombadas, reconheceu algumas de suas irmãs: Eufémia, destroçada por grandes garras; Liberata, crucificada; Vitória atravessada por flechas; Genebra com um punhal no coração; Marciana na roda das navalhas; Germana, na grelha; Basília atravessada por chifres. E viu também a todas as outras. Umas que lhe foram companheiras de meninice, a maioria, porém, desconhecida. Tantas que não passavam de bebês, outras tão velhas que pareciam árvores, tantas idades e tantos nomes de que não poderia dar notícia. Severinas, Annas, Gracias, Lorraines, Fabianes, Eduardas, Tarsilas, Aídas, Elisas e Elizas, Daniellas, Aracelis, Verônicas, seus nomes ditos em voz alta e se multiplicando, num coro terrível, Luísas, Graces, Claudias, Andresas, Dorothys, uma Menina sem Nome, que gritava, meu nome é Maria, viu ainda Lourença com Quiterinha no colo e Celeste ao seu lado. E entre tantas mulheres e tantos nomes, viu e ouviu uma Aura e uma Juliana, que pediam atenção, dizendo, somos nós, somos nós as meninas mortas do Poço da Guiné. Eu sou Aura, trago na barriga a semente grávida do deputado João Henrique de Mello Brites, eu sou Juliana, morta por saber demais. Todos os nomes ecoando numa música metálica cuja constante era o seu próprio nome: Quitéria, Quitéria, Quitéria de Brácara Augusta. Quitéria, não esqueça de quem você é.

Duas léguas depois, quando a menina chegou enfim à ermida de São Pedro, ali lhe aguardava Marinha, a irmã de quem sentira falta no percurso. Como ela, trazia a própria cabeça entre as mãos e a acompanhou até o sepulcro e ali fechou seus olhos e tudo, tudo sumiu. E tudo silenciou.

Vieram de todas as partes e reuniram-se embaixo de uma jurema-preta como havia muito não faziam. Ia longe o tempo que era do juremal que o mundo era visto, o passado, o presente e o futuro sonhados e as decisões tomadas. O mato falava com as gentes, conversando com sua língua de folhas e flores e espinhos e raízes retorcidas. Uma aliança antiga que, se não fora de todo quebrada, passara pelo grande perigo de se romper para sempre por serem tenazes os sermões pelo esquecimento. Francisca lembrava de Mãe Anunciada, sua avó, de Pai Velho, o pai dela, de Radegundes e Matias, e de como a sabedoria passava pelas mãos dos mais velhos, que sabiam misturar sua ciência com a vida, sem grandes altercações com os mandos dos homens de Deus, quando estes lembravam da existência do povo do mato. Era uma arte, aquela de se fazer misturar. E de fazer sobreviver o que era necessário, mesmo no tempo em que autoridades de Deus e de polícia se confundiam. Esquivaram-se de estar embaixo da barriguda, que embora oferecesse uma sombra maior, era de triste memória. Debaixo da velha jurema, que apontava suas flores, em pétalas de prata de tão brancas que eram, lamentaram muitas dores, choraram Celeste e Lourença, choraram as defuntas desconhecidas, e entre todas, aquela grande desgraça que parecia maior que qualquer desdita passada e que, na voz de Francisca, repercutida nas vozes de Emerenciana e Severininho, fazia muito sentido que fosse imputada à chegada do pregador, dos missionários e do templo.

O vento deu o seu assobio e com ele o mato se levantou. E com o mato, levantaram-se os pés, os braços, as achas, as pedras. E o povo, agora, era um grande animal ou matagal que se movesse, um bicho-folharada, uma matilha composta de muitos, cujo corpo se movia da mesma forma, respirava como um só, resfolegando, em cujos olhos brilhava seu tanto de raiva e tristeza e medo. Não queria mais, aquele bicho, nem templo nem as regras do templo. Nem a voz do homem de Deus e nem a memória daquela língua de rancor. Queria mesmo apagar o rastro daquilo tudo. Mas se movia deixando por sua vez as suas marcas, borbulhando, riscando as unhas nos troncos, mijando nas paredes, retomando o território que tinha por seu.

Pouco depois de destruir e incendiar o templo da Congregação dos Justos em Oração, e de pôr abaixo a casa do pregador, homens, mulheres e crianças do Tapuio, do Mororó, do Poço da Guiné, do Socavão e de outras localidades circunvizinhas voltaram para suas casas aliviados, com a certeza de que fizeram o que deveria ser feito.

Saindo da rodovia, seguindo ao sul do pequeno povoado que interrompe a paisagem silvestre do vale do Redondo e a que chamam de Saco do Tapuio, quando a estrada serpenteia em curvas cada vez mais fechadas, estendendo seu manto compacto de terra amarelo-vermelha, depois de alguns poucos quilômetros é possível ver as ruínas de uma pequena construção. As paredes crestadas por um fogo há muito extinto ainda se mantêm de pé, e abrasados, entre o vermelho e o preto, seus tijolos deixam à mostra a ossatura da construção. Já não há telheiro e o mato toma posse impondo tons variados de verde, o seu desenrolar fibonacciano, suas sombras ondulando entre folhas e brotos e forçando passagem entre as frestas. Nas paredes é possível ver ainda as fístulas e chagas abertas pela voracidade de paus, pedras, enxadas, foices, ou o que quer que pudesse servir de gládio, aríete ou marreta no dia da destruição. O chão de cimento, também fendido, coberto de arquipélagos de limo apenas durante o inverno, se configura irregular. É possível perceber que o piso foi grosseiramente arrancado e aqui e ali restam mínimos fragmentos de sua existência. Laboriosas, as fendas permitem que as plantas brotem com sua força sempre singular, rompendo, tombando, esfarelando e devolvendo o pó ao que é do pó. Sabe-se que é um templo tão somente pela empena característica a esse tipo de construção, que resiste duplamente como sinal de sua brevíssima glória e longa decadência, e apesar do seu aspecto que para muitos pode parecer triste, ainda permanece como vestígio, um lugar da memória.

Poderia tentar contar a história desse lugar pelos olhos da mínima vida que pulula tanto ao seu redor como por dentro de suas entranhas, mas precisaria alcançar um nível de tradução que tornaria a empreitada extenuante e sem garantia nenhuma de inteligibilidade. Não digo que seja impossível, não é disso que se trata, e penso que até poderia ceder à tentação de uma narrativa assim, nem que fosse em breves iluminações, mas aprendi que o gesto grandioso, na maioria das vezes, borra a intenção, então sem ceder a essa vaidade me contento em registrar a história dessas ruínas, alguns dos atores que subiram ao palco dos acontecimentos e a minha inglória e desastrada atuação. A que servirá esse registro? Não saberei dizer. Sei que se me impõe como uma força irresistível.

Há muito tempo me chamam de louca e suspeitam de mim e cochicham coisas à minha passagem ou à minha ausência, é preciso que se diga. Alguns me temem e por isso prefiro estar sempre à borda da cidade e dos ajuntamentos. Um homem que se torna um eremita é tomado mais como santo que como louco. Há uma aura em torno dele. Mas não sou santa, nunca fui e nunca dirão isso de mim. Há muito rompi laços de afeto, trabalho, e interesse com quem quer que seja. Das ânsias de camisas de força com que meus irmãos e suas mulheres, minha irmã e seu marido me ameaçaram num passado que agora me parece tão longínquo quanto esvanecido, me defendi como pude, até que renunciei a tudo o que pudesse ser herança ou apelos de amor. Essa vida, vivi sem eles. Não que desminta as acusações ou constatações de minha loucura, mas que na verdade isso importa muito pouco. Disseram-me louca porque me recusei, porque de certo modo parti e, assim, desobedeci e continuo desobedecendo. Ou porque sigo recolhendo em minha bolsa retalhos e cacos e fragmentos, cabeças, pernas, corpos desconjuntados de bonecas que encontro, restos que ninguém quer ou por serem feios ou por não terem serventia que seja óbvia, objetos com os quais protejo a cerca que fiz ao redor desse sítio que por ora ocupo. Ou porque sou feia ou me tornei feia aos olhos de todos e muito simplesmente veem em mim uma figuração da morte, seja da sua própria ou da dos outros, seus filhos, parentes, amantes. A morte dos sonhos. A morte como uma velha como eu, solitária, calada, ocupada em coisas que não parecem dizer respeito ao mundo deles, o tal mundo dos vivos, essa festa da qual não faço mais parte. Por isso, de certo modo, não lhes tiro a razão de me chamarem de louca. Mas seja lá o que vejam em mim ou nos meus atos, o que eu sei é que para eles toda deserção é sempre perigosa, ainda mais quando significa o exercício de recomeçar. E eu desertei, é fato.

Desertus, desertare, deserere: abandonar um lugar, sem autorização. Entregar-se à ruína. *Hey, honey, take a walk on the wild side!* Foi assim que abandonei o rosto que eu tinha, a vida que me habituei a viver, e me meti nessa casa e território que ninguém mais queria ocupar, nesse corpo tão distinto daquele que sempre tive, me colocando sempre a meio caminho das ruínas, me dedicando a me tornar quem eu sempre deveria ter sido desde o começo. E falhando todos os dias. De abandonos e recomeços entendo alguma coisa. Há muito tempo piso este chão levando variadas sementes, bulbos, bagas e mudas na algibeira. Ao redor da casa já há também uma mata à qual venho me dedicando há anos. Uma mata, não um roçado. E embora tudo pareça se enramar sem lógica, engolfando a casa e a mim mesma, há um sentido em tudo o que plantei, transplantei, ou no que veio brotar semeado pelo acaso. A vida que invade e rompe a solidez das paredes. Uma tarefa que me imponho. Lembro de, ainda em criança, minha mãe dizer que antes de contar a qualquer pessoa os pesadelos da noite eu deveria contá-los a uma planta, porque ela, a planta, limparia toda a escuridão que me absorvera à noite e que, pelos meus olhos, poderia invadir o dia. Uma ciência que ela aprendeu da mãe dela e a mãe dela aprendeu de outra mãe, coisa de pouco valor para muitos. Na época em que fui ensinada sobre essas coisas, é verdade que não dei importância. Meu pai ria daquele resquício de selvageria tão próprio à família dela, como ele mesmo dizia, seu corpo sempre cheirando a eugenol. Só quando o tormento invadiu minha vida de um modo incontornável percebi de fato o que minha mãe me dizia.

É o que tenho feito nessa casa e nos arredores, nos sítios vizinhos e nos capões, embora haja cada vez menos mato e plantas que se prestem a apagar nossa sujidade. Num ombro apoio os instrumentos que servem tanto para o plantio como para a sega, no outro levo o meu bisaco que contém, como já disse, sementes e batatas e plantas, mas ocasionalmente também um caderno ou folhas avulsas com os quais me entretenho fazendo anotações, a maior razão pela qual ainda incursiono pela cidade de tempos em tempos, remexendo o lixo, angariando as sobras, tomando para mim tudo o que me sirva de apoio para a escrita.

É forçoso insistir que verdadeiramente não tenho nada de meu a não ser o meu nome e o anel que foi da minha mãe, e essas coisas que trago comigo e que às vezes se tornam pesadas ou leves demais conforme o dia seja propício ou não. Já a casa, a terra, as flores, as bonecas, mesmo isso, só podem ser de propriedade provisória, coisas tomadas por empréstimo. Há de chegar o dia em que tudo será devolvido e para isso venho me preparando. De modo que olho para as ruínas, as do templo, as ruínas para as quais essa casa se prepara, as do meu corpo ou quaisquer outras, do mesmo modo que olho para o fausto das grandes obras e construções, e me faço invariavelmente as mesmas perguntas: Há onde plantar? Há o que se possa colher? Um carro abandonado ao largo da estrada explode em ramos e trepadeiras. Só isso me interessa. Ou assim desejo que seja.

Me encantam menos o método ordenado da jardinagem e o da agricultura que a aleatoriedade das sementes que se perdem e se acham pelo trabalho dos ventos ou pelo transporte dos bicos dos pássaros, ou ainda pela fricção do tecido fino de asas em gaze contra o pólen. Há muito tempo um amigo, talvez o único e o último que eu tive, me contou a história de um homem sozinho que recriou ele mesmo uma floresta inteira. Nunca houve floresta por aqui, esse enclave entre o deserto e o agreste, entre o seco e o úmido, mas sempre houve o mato, esse que agora se torna ralo, o qual eu busco fazer senhor de tudo, como na história contada por meu amigo.

Estou numa solidão povoada de bichos, plantas, lembranças, remorsos, e há muito que não pronunciava ou escrevia o meu próprio nome, tanto tempo que supus ter esquecido o som de suas vogais claras contra a única consoante que se repete, tão luminosa, e me sabia analfabeta de mim mesma. É que me ocupo muito com esse trabalho que escolhi, esse de contemplar o fazer e o desfazer próprio do mundo, num silêncio que prefiro acreditar ser sem sombra de julgamentos, mas aprendendo todo o seu espanto, rasgos de pequena glória, esgares, gozos, sofrimentos. Apenas observando e esperando a morte, a vida.

E é disso que se trata, afinal. De vida e de morte. E dos seus agentes diretos e indiretos, e desse ciclo que nunca mesmo acaba. Desde a primeira pedra polida em arma que, diferentemente de qualquer outra espécie, nos especializamos nos engenhos de matar. É o que nos diferencia dos bichos e do mofo e das frutas venenosas. E tudo servirá de arma para nós, desde a pedra, aquela mesma, afiada em lâmina grave, até as coisas que tomam a aparência mais inofensiva ou grandiloquente, seja o açúcar ou a palavra, sejam os documentos ou os deuses. Para o leão e o javali serão sempre os músculos em tensão e explosão, além das garras e dentes. Para o louva-a-deus que devora o parceiro, serão sempre as patas em voraz serrilhado matando a fome com a energia que suprirá uma nova descendência destinada também aos apetites. Mas para homens e mulheres, ao contrário, tudo servirá de tecnologia para o assassinato.

Talvez por isso escolhi apenas cavoucar, plantar, esperar, colher, recolher e de novo e de novo. E no meio-tempo disso tudo, meio-tempo sempre elástico e flexível dessa minha existência, anotar. No final de cada período, seja rápido como um dia ou imenso como uma era, faço um balanço, presto as contas de tudo. Entre os labores do que posso chamar de minha agricultura, ou minha jardinagem ou de simples aspersão de sementes e colheita, conforme o humor e o passar das estações. Há muito compreendi o que chamam de humanidade como um conglomerado de agentes a serviço de todo o continuum de construção e corrosão, embora deva chamar a atenção para o fato de que parece ser a ruína o que mais nos apraz.

Fato é que não há nada de original aqui, isso é certo. Nem a história desse lugar, nem de suas personagens, nem mesmo de mim posso dizer que sou original. De todo modo, por acreditar que em breve eu mesma não serei mais que estrume e pasto, e ainda por força do meu antigo ofício se fez necessário que narrasse os acontecimentos que me trouxeram até aqui, minhas observações e descobertas sobre eles, e é certo que, para contar essa história, às vezes minhas articulações estavam tão endurecidas que meus dedos e artelhos dariam conta de uma idade contada em milênios, e outras vezes deslizava pelas paisagens e entre os seres como se fora sempre outra, sempre nova.

E, assim, dou à leitura este que parece ser o último relatório. Há outros espalhados entre os cômodos da casa. Alguns perderam suas folhas. Outros estão queimados parcialmente. Para bem de todas as verdades e da clareza deste documento, declaro que meu nome é Eulália e fui a perita que esquadrinhou a cena do crime. E fui ainda cúmplice de um assassinato. E se hoje consta em documento lavrado em cartório o meu nome sob a posse desse sítio a que chamam de Cova da Moça, onde antes de mim viveram Celeste e Quitéria e Lourença, declaro que tornará ao mato o que sempre foi dele ao menos até que alguém novo se aposse desse lugar e comece uma nova história.

1ª EDIÇÃO [2023] 3 reimpressões

ESTA OBRA FOI COMPOSTA PELA SPRESS EM MERIDIEN E IMPRESSA
EM OFSETE PELA GEOGRÁFICA SOBRE PAPEL PÓLEN BOLD DA
SUZANO S.A. PARA A EDITORA SCHWARCZ EM JANEIRO DE 2025

A marca FSC® é a garantia de que a madeira utilizada na fabricação do papel deste livro provém de florestas que foram gerenciadas de maneira ambientalmente correta, socialmente justa e economicamente viável, além de outras fontes de origem controlada.